이것이 이공계다

이것이 이공계다

이공계를 지망하는
대한민국 학생과 학부모에게

조영호 지음

해나무

들어가며

이공계의 길

과학기술이 우리 곁에 불쑥 들어와버렸다. 그 영향력은 우리의 일상생활을 바꾸어놓을 만큼 강렬하고, 예측을 넘어설 정도로 압도적이다. 제4차 산업혁명의 파도를 따라, 과학기술은 매우 다양하고 빠르게 진화하고 있다. 그래서인지 대학생이나 대학원생뿐 아니라 초·중·고등학교 학생과 학부모로부터 받는 '이공계 진로'에 관한 문의 또한 한층 구체적이고 다양해졌다. 이공계와 인문계가 무엇이 다른지, 어느 대학의 무슨 과를 가야 하는지, 미래에 어떤 분야가 유망한지, 장래에 연구 주제를 무엇으로 잡는 게 좋은지, 무엇을 공부해야 하는지 등등.

이공계 진로에 대한 이 모든 질문들에, 내가 누구나 만족해할 만한 해답을 갖고 있는 건 아니다. 그런데 학생과 학부모를 만나 상담을 할 때마다 아쉬움이 많이 남았다. 생각보다 많은 이들이 이공계를 잘 몰랐고, 자신들이 무엇을 원하는지도 모른 채 선택하고 있었다. 세상이 변했는데 학부모들의 생각은 과거에 머물러 있었고, 학생들은 조금만 힘들어도 정면 승부를 하지 않고 우회로를 선택했다.

물론 내가 아는 것이 이공계의 전부는 아니다. 다만, 학생, 학부모, 교육자, 사회인으로서 내가 직접 겪고 느낀 것들, 이공계의 길을 걸으면서 내가 마주했던 선택들, 그리고 내가 내렸던 결정의 판단 기준들을 이야기해주는 것만으로도, 진로를 선택할 때 얼마간 도움이 되지 않을까, 하는 생각에 미치게 되었다.

나는 초·중·고등학교, 대학, 대학원 석사 과정을 국내에서 공부했고, 국내 정부 연구소의 연구원으로 4년 반을 근무하다가 미국 유학을 떠났으며, 미국에서 박사학위를 마치고 귀국한 이래 줄곧 카이스트 대학교수로 있으면서 국가연구개발사업의 기획, 조정, 평가, 수행, 운영을 맡아왔다. 또 산학연구 과제를 통해 국내 산업계와 줄곧 교류해왔으며, 수차례의 연구 연가를 모두 산업체에서 보냈다. 그 덕분에 국내 대학뿐 아니라 연구소, 기업체, 정부와의 관계와 큰 흐름도 알게 되었다.

미국, 일본, 스위스 등에 있는 해외 대학과 손잡고 학생 파견이나 공동 연구와 같은 국제협력 프로그램을 수십 년 동안 진행해왔다. 유학 당시 얻은 내 아이들이 우리나라와 미국에서 각각 유아원, 유치원, 초·중·고등학교, 대학교를 다녔기에 한국과 외국의 교육 환경과 시스템의 차이에 대해서도 비교적 소상히 알게 되었다.

이공계는 크게 순수과학과 응용과학으로 나뉜다. 나는 응용과학, 즉 공학도의 길을 걸었다. 내가 걸어온 길에는 '최초'나 '제1호'라는 꼬리표가 유난히도 많이 붙어 있다. 정부 연구소에서 국내 최초로 CAD/CAM 연구실을 설치했고, 미국 유학 시절 BSAC Berkeley Sensor & Actuator Center라는 세계 최초의 MEMS Micro Electro Mechanical Systems 연구센터 설립에 참여했다. 그 결과 미국에서 제1호 MEMS 전공 기계공학 박사학위를 받았고, 귀국해서는 국내 최초로 국산 에어백 센서를 개발해 실차 충돌 시험까지 수행했으며, 국내 최초로 MEMS 교과목과 생체모사시스템 교과목을 개설했다. 또 국내 최초로 연구실 내 MEMS 전용 시설을 구축한 데 이어, 국내 최초의 국가 나노연구단인 디지털나노구동연구단을 설립했다. '최초'와 '제1호'라는 수식어가 화려해 보이겠지만, 이 말은 그간 새로운 영역을 개척하고 초기 환경을 구축하는 데 온갖 어려움과 고생을 겪었다는 것을 말해준다. 지금 보면 당연한 것들이 당시에는 전혀 그렇지 않았고, 고생이 이만저만이 아니었다.

그러나 다행스럽고 감사하게도, 지난 30여 년간 산업체와 정부로부터 300억 원 이상의 연구비를 지원받아 꾸준히 연구를 진행할 수 있었고, 그 덕분에 그동안 목적과 신념을 잃지 않고 나름 후회 없는 선택과 결정을 하면서 이공계의 길을 걸을 수 있었다. 내가 이공계의 길을 걸으며 고민한 생각들과 깨닫게 된 교훈들이, 지금 막 진로를 선택하고 결정하려는 학생과 학부모들에게, 그리고 이미 이공계에 들어선 청년들에게 얼마간 도움이 되길 희망해본다.

카이스트 연구실에서 조영호

차례

1장

이공계를 가야 할까?

이공계를 가야 할까?

이공계란 어떤 사람들이 가는 곳일까? 보통 사람들이 이공계에 대해 어떤 인상을 가지고 있는지 잘 모르겠다. 수학을 좀 잘하면 가는 곳일까? 스티브 잡스나 빌 게이츠같이 성공한 이공계인이 되고 싶어서, 혹은 문과보다는 취업이 더 잘돼서 선택하는 곳일까?

먼저 말해두고 싶다. 수학이나 과학 같은 특정 과목의 점수는 참고할 정도는 되겠지만 과목 성적이 진로 선택의 결정적인 기준은 아니다. 보통 수학과 과학을 잘하면 이과를, 국어나 영어, 사회를 잘하면 문과를 선택한다. 사실 나는 학생들을 이과와 문과로 나누는 것에 대해 늘 이상하다고 생각한다.

내 경우만 봐도 학창 시절에 수학을 좋아했다고 말하기는 어렵다. 오히려 국어, 영어, 음악을 더 좋아했다. 과학기술자로서의 삶을 살면서 수학 실력이 부족해 연구를 하지 못한 적도 드물다. 수학 Ⅰ과 수학 Ⅱ를 다 공부했지만 연구하면서 실제로 사용한 수학은 몇 개 안 된다. 복잡한 삼각함수 공식같이, 시험을 볼 때나 썼을 뿐 실제로는 한 번도 사용한 적이 없는 것도 있다. 복잡한 계산은 컴퓨터가 다 한다. 그 외에 비례식, 다항식, 지수함수 같은 원리들은 필요하면 그때그때 배워도 된다.

'이과 수업'에는 수학 실력이 필요하지만, 정작 사회에서 이공계인으로서의 길을 걸을 때에는 수학이 결코 절대적이지 않다. 수학과 과학 점수가 중요한 게 아니다. 정작 신경 써야 할 본질적인 부분은 다른 데 있다.

취업이 쉽다고 이공계를 선택하는 것 역시 적절하지 않다. 꼭 이공계에만 국한되는 말은 아니겠지만, 누구나 자부심을 갖고 살아가는 게 그 무엇보다 중요하다. 이공계 안에서 내가 자부심을 갖고 할 일이 있는가, 이 질문부터 스스로 답해야 한다. 취업이 중요하긴 하지만, 취업이 삶의 목적이자 기준이 된다면 뭔가 이상해도 한참 이상하지 않는가. 직업을 생계의 수단으로만 국한시키면 인생이 답답해진다. 이미 인생의 마라톤을 한참 달린 사회인이라면 밥벌이로 일을 하는 게 어찌 보면 당연하겠지만, 이제 막 꿈을 꾸기 시작한 청소년들에게 일찌감치 먹고 사는 일의 준엄함부터 얘기할 필요가 있을까?

나는 청소년들이 어떤 길을 걷든 먼저 스스로에 대한 자신감을 가지길 바란다. 내 길을 가고 있기에 누가 뭐라고 해도 떳떳하고 할 만한 일을 한다는 자부심이 삶을 지탱해준다. 많은 부모들이 앞날을 너무 걱정하다 당연한 이 사실을 잊는다.

만약 이미 이공계로 진로를 결심했다고 하더라도 너무 성급하게 서두르지 말자. 나도 자식을 키우는 입장에서 당장의 진학이나 취업을 걱정하는 부모의 마음을 십분 이해한다.

이공계의 장점은 기회가 다양하다는 것이다. 그 말은 역으로 당장의 대학 입시나 취업에 너무 목매지 않아도 된다는 뜻이기도 하다. 적어도 내 경험으로는 그렇다.

한 가지 더, 이공계는 특별하지 않다. 사는 방법은 똑같다. 다만, 활용하는 도구가 과학적인 도구인지, 경제적인 도구인지, 사회적인 도구인지에 따라 차이가 있을 뿐이다. 과학이든, 경제든, 정치든, 문화든 모두 사람을 위해서 하는 일 아닌가.

나는 이공계의 문 앞을 기웃거리는 사람들에게 보다 본질적인 부분에 집중할 것을 제안한다. 이공계에 대한 수많은 설명들 중 분명한 것 한 가지는 '이공계의 역할'이란 사회 안에서 '사람이 하는 일'과 연결된다는 것이다. 결국 이공계를 선택하면 어떤 식으로든 기술을 연마하고 제품을 개발해 시장과 만나는 일을 직·간접적으로 하게 된다. 그럼 생각해보자. 사람들이 언제 돈을 쓸까? 사람들은 자신의 관심을 만족시키는 일에 돈을 쓴다. 돈을 자발적으로 지불하게 하는 힘은 관심이다. 현명한 이공계인은 나의 관심을 다른 사람의 관심에 맞출 줄 아는 사람이다.

나는 평생 연구를 해온 사람이니 한 가지 질문을 던져보겠다. 취미와 연구의 차이는 무엇일까? 어찌 보면 둘 다 무언가를 파헤치고 들여다보며 탐구하는 행위라는 점에서 별반 다르지 않다. 재미있고 즐겁자고 하는 게 취미라면, 연구 역시 재미있고 즐겁게 하는 경우가 많으니 이건 차이가 아니다. 가장 결정적인 차이는 취미는 자신을 위해서 하고, 연구는 다른 사람을 위해서 한다는 점이다. 이것이 이공계 아마추어와 프로의 차이다.

언젠가 한번 공학계열 국가연구개발사업의 심사위원으로 참여한 적이 있다. 심사를 받으러 온 어떤 연구자에게 연구의 목적을 물어보았는데, '내가 관심이 있어서 하지만 응용성은 없다'는 대답이 돌아왔다. 불충분한 대답이기도 했지만, 다음과 같은 생각이 들었다. '그렇다면 이 연구자의 연구는 취미 생활이고, 취미 생활이라면 정부의 돈이 아닌 연구자 본인의 월급으로 해야 하지 않을까.'

내가 우표 모으기를 좋아하니 정부에서 우표 값을 지원해달라고 할 수는 없지 않는가. 비단 이 논리는 정부 사업에만 적용되는 것이 아니다. 지나가는 사람이 내 취미 생활을 위해 돈을 지불할 리 없다. 이공계에 들어와 기술을 익히고 연구를 한다는 게 무슨 의미인지 이제 슬슬 감이 오는가?

이공계인들이 첫 번째로 새겨야 할 사자성어가 있다면 '역지사지'다. 이공계인이라면 늘 한 가지 질문에 대답해야 한다. '내가 하는 작업에 나라면 돈을 지불할 것인가?' 이 질문의 대한 냉정한 대답이 '아니오'라면 그 일은 하지 말아야 한다. 수학이나 과학이 재미있고 점수가 좀 나온다는 이유로 이공계를 선택했다간 기대와 다른 혹독한 현실에 맞닥뜨리게 된다.

다른 분야보다 낫다고 하지만 이공계 또한 현실이 녹록지 않다. 자기 혼자만 관심 있는 기술인데도 그것을 연구하는 사람은 성공하기 힘들다. 자기 영역에 우뚝 서서 스스로의 힘으로 나아가려면 일단 자신의 생각과 자세를 바꾸어야 한다. 아니면 성공하거나 돈을 벌 생각은 하지 말고 스스로 즐기는 것에 만족하면 된다. 아주 운이 좋다면 자신의 만족만 추구하면서도 돈을 벌 수가 있다. 내 마음대로 했는데 우연히 다른 사람들도 그것을 좋아해주는 경우라면 그렇다. 그런데 그건 극히 드문 행운일 뿐, 그런 요행에 기대어 인생의 진로를 선택하는 사람은 아마

이공계인들이 첫 번째로
새겨야 할 사자성어가 있다면
'역지사지'다.
이공계인이라면
늘 한 가지 질문에 대답해야 한다.
'내가 하는 작업에
나라면 돈을 지불할 것인가?'
이 질문의 대한 냉정한 대답이
'아니오'라면 그 일은
하지 말아야 한다.

없으리라 생각한다.

이공계인은 과학적인 방법으로 자연을 요리해서 자신이 아니라 다른 사람을 위해 맛과 멋을 만들어내는 요리사와 같다.

재미난 것은 인간 세상에 무수한 관심사가 있다는 점이다. 이 모든 관심사에 최대한 도달하기 위해 온갖 기술과 도구를 홀로 연마해야 하는 걸까? 그건 불가능하다. 자신이 잘할 수 있는 도구를 하나 가지고 자기 능력으로 할 수 있는 부분은 자신이 하되, 자기 능력으로 할 수 없는 부분은 다른 사람이 하면 된다. 그러니까 다른 능력을 가진 사람과 함께 일하는 능력을 기르는 게 중요하다. 이를 통해 자기 능력을 뛰어넘는 큰일을 할 수 있다.

자녀의 수학 성적 때문에 걱정하는 부모가 우리나라에 참으로 많다. '수포자(수학을 포기한 사람)'가 넘쳐난다지만 정작 사회에 나가보면 수학을 잘하는 사람이 굉장히 많다. 반드시 자신이 수학을 잘할 필요는 없다. 수학을 잘하지 못한다면, 수학 말고 더 잘하는 것을 한 가지 가지고 있으면 된다.

내가 하고 싶은 이야기는 간단하다. 특정 과목의 성적이나 취업률이 아닌, 이공계가 추구하는 가치에 자신이 자부심을 갖고 잘 따라갈 수 있는지가 '진로 선택의 기준'이 되어야 한다는 것. 만약 그것에 동의해 이공계의 길을 선택했다면 초심을 잃지 말고 당당히 살아가면 된다.

솔직히 나는 사회나 교육 당국자에게는 특별히 할 말이 없다. 그들이 단기적으로 바꿀 수 있는 것들이 별로 없기 때문이다. 미래는 불가항력의 힘으로 어딘가로 흘러간다. 과거에는 예측이나 상상조차 할 수 없던 수많은 직업이 새로 생겼으며, 세계 10대 기업과 우리가 필요로 하는 지식도 끊임없이 변화해왔다. 미래가 어떻게 바뀌든, 우리는 그 안에서 가치를 추구하며 우리의 방법대로 우리의 길을 찾으면 된다.

이공계가
적성일까?

나는 주위로부터 청소년 진로에 대해 질문을 꽤 많이 받는 편이다. 대학교수라는 직함을 달고 있다 보니 겪는 일이다. 딸이 고등학교를 다닐 때는 딸 친구들이 이러저러한 입시를 준비하는데 어떻게 하면 좋을지, 자기소개서는 무슨 이야기를 쓰면 좋을지 등을 묻곤 했다. 청소년을 위한 강의와 상담 요청도 종종 들어온다.

대학에서는, 고등학교 수시 전형 때문에 매년 수없이 많은 추천서를 읽는다. 워낙 꾸준히 읽다 보니 이제는 잘 쓴 추천서와 그렇지 않은 추천서를 구분하는 눈이 생겼다.

한 가지 조언하자면, 추천사는 공허하게 적지 말아야 한다. 행실이 바르고, 봉사 정신이 투철하다든가 하는 틀에 박힌 이야기는 적을 필요가 없다. 추천서를 잘 쓰지 못하는 사람들은 학생의 행동을 해석해 자신의 의견을 적는다. 구체적인 사례가 있어야 그 학생에 대해 유추할 수 있을 텐데 말이다. 사실 그대로를 적으면 읽는 사람이 해석할 수 있게 된다. 그래서 자기소개서든 추천서든 학생이 한 일에 대한 주관적인 해석을 쓰는 게 아니라 한 일에 대한 구체적인 사실을 적는 것이 훨씬 더 낫다. 이러이러한 상황에서 이러이러한 행동을 한 사람이라고 객관적으로 기술하는 것이 훨씬 효과적인 소개 방법이다.

진로 이야기로 돌아가보자. 누구나 공감하듯, 우리나라 진로 교육에는 문제가 많다. 그 내용을 보면 어떤 대학 어느 학과에 진학하려면 어떤 스펙을 쌓아야 하는지 혹은 무슨 직업을 가질 수 있는지를 가르쳐주는 식인데, 재미도 없고 현실적이지도 않다.

우리는 소방관이 어떤 일을 하는지 대략 짐작할 수 있다. 그러나 어떤 신념으로 소방관을 선택해야 하는지는 그 누구도 가르쳐주지 않는다. 직업 선택에서 중요한 건 신념이다. 자신에게 맞는 신념을 갖춘 다음, 그 신념에 맞게 직업을 선택하는 게 순서다. 지금의 진로 교육으로는 청소년들이 신념을 가질 리 만무하다. 단지 기능적으로 직업을 이해할 뿐이다. 기능만 보고 누가 신념을 갖겠는가?

올바른 동기 부여와 이를 통해 얻어진 확신을 가지고, 공부든 일이든 임하는 것이 더 낫다. 이공계로 진학하고 싶은데 수학을 싫어하는 학생들이 적지 않다. 우리 딸부터 그랬다. 상식적으로, 이과를 지망하면서 수학을 멀리한다는 게 이해가 될지 잘 모르겠다. 내 딸은 한국식으로 생각하면 좀 특이한 경우에 속한다. 영어는 잘하고, 수학과 과학은 잘 못했는데도 이과를 선택했다.

왜 이과를 선택했는지 물었더니 이공계 영역의 일들이 본인에게 더 맞는 것 같다는 대답이 돌아왔다. 수학을 잘하지 못하지만 하고 싶은 걸 하겠다는 의지가 읽혔다. 자신의 꿈과 이상이 이공계열에 가깝다면 당연히 그런 선택을 할 수 있다. 다만 마음속에 정말 하고 싶은 일과 수학이라는 과목이 순조롭게 연결되지 않고 있는 상태일 뿐이다.

교과목을 가지고 적성을 논한다는 것이 과연 합리적일까? 이공계열 직업이 필요로 하는 신념과 수학을 잘하는 것에는 아무 상관관계가 없다. 수학 실력이 더 좋은 대학에 진학할 수 있게 해주거나, 더 나아가 수학 성적이 취업에 다소 도움을 줄 수 있을지 몰라도 그 이상을 기대하기는 어렵다. 게다가 요즘은 대학 졸업자가 자기 전공을 살리는 쪽으로 직업을 갖게 되는 경우가 점점 드물어지는 추세다. 점수뿐 아니라 전공까지도 이공계인의 진로를 결정하는 절대 기준이 될 수 없는 것이다. 그런 요소들은 자기가 하고 싶어 하는 일을 하려고 할 때 밟게 되는 징검다리에 불과하다.

그렇다면 이공계인이 가져야 할 덕목은 무엇일까? 나는 이공계인에게 필요한 적성, 다시 말해 갖춰야 할 덕목 중 하나로 '인간에 대한 높은 이해도'를 꼽고 싶다.

내가 걸어온 이공계는 순수과학이 아닌 응용과학 영역이다. 순수과학에서도 자연과 인간에 대한 이해가 필수적이지만, 응용과학에서는 인간을 모르고는 아무것도 할 수 없다. 응용과학은 인간을 위하여 과학적 지식을 응용하는 학문이다. 순수과학 분야로 진로를 선택한다면 조금 다를 수 있다. 어쩌면 그 길은 새로운 과학적 지식을 발견하는 길이자, 그 누구도 알아내지 못한 현상과 원리를 발견하는 데 온몸을 던질 수 있는 천재적인 외골수들의 영역일지도 모른다.

이공계가 주도해온 산업의 흐름을 한번 따져보라. 일단 시대가 많이 바뀌었다. 예전에는 먹고 사는 문제가 최대 이슈였다. 그러던 게 중화학 공업이 발달하고 인간을 대체할 수 있는 기계들이 생기면서 사람들의 욕망이 달라졌다. 요즘의 관심사는 건강, 안전, 행복, 편안함, 삶의 질이다. 소비의 지향점이 바뀐 것이다.

과거 산업 시대 소비자는 생산자가 만들어주는 대로 소비했다. 생산자가 원하는 대로 만들어 매장에 내놓으면 소비자는 어쩔 수 없이 그것을 사서 사용법을 익혔다. 기술 개발 경쟁은 기업이 가진 기술의 수준을 극대화하는 방식으로 이루어졌다. 그러다 보니 정작 사람의 편의는 돌보지 않은 헛똑똑이 기술들이 대량으로 쏟아졌다. 나는 공학 박사인데도 아직도 비디오 녹화를 하지 못한다. 너무 복잡하고 어렵다. 비디오를 제작한 사람들이 자신들이 하기 편한 방식으로 기계를 만들어놓은 탓이다.

이제는 달라졌다. 직관적이고 수요자 중심의 기술만이 환영을 받는다. 소비자 중심 생산 체계가 기본이다. 소비자가 머리가 아프면 되겠는가. 물건을 만드는 사람의 머리가 아파야 팔린다.

아이폰이 세상에 처음 나왔을 때 모두가 무엇에 놀라워했던가? 소비자의 취향과 관심대로 사용할 수 있다는 점에 수많은 사람이 매료됐다. 스마트폰은 사용자가 자기주도적으로 기능과 체계를 설정할 수 있다. 스마트폰과 기존 휴대전화의 가장 큰 차이는 거기에 있다. 기존의 휴대전화는 이미 만들어진 기능 외에는 달리 할 수 있는 게 없었다. 휴대폰 시장에서 선두에 있던 국내 기업들이 애플에게 그 위치를 빼앗긴 건 이 흐름을 놓친 채 휴대전화의 기능을 늘리고 속도를 높이는 데에만 집중했기 때문이다.

응용과학은 인간을 모르고는
아무것도 할 수 없다.
응용과학은 인간을 위하여
과학적 지식을 응용하는 학문이다.
순수과학 분야로 진로를 선택한다면
조금 다를 수 있다.
어쩌면 그 길은 새로운 과학적 지식을
발견하는 길이자, 그 누구도
알아내지 못한 현상과 원리를
발견하는 데 온몸을 던질 수 있는
천재적인 외골수들의
영역일지도 모른다.

스마트폰은 인간의 공감을 불러일으키는 기술을 갖췄다. 인간에게 완전히 밀착되어 사람들은 이제 스마트폰이 없으면 불안감을 느낄 정도가 됐다. 사실 사람들은 자신에게 가깝게 느껴지는 것에 투자를 한다. 낯설고 멀리 있는 것, 예를 들어 기후변화나 에너지 문제에 돈을 쓰는 개인은 드물다. 지금의 문명은 생활이 과학인 시대인 것이다.

이러한 시대적 흐름을 인식하고 성찰해 새로운 제품을 생산할 수 있게 해주는 힘은 어디서 나올까. 두꺼운 이공계 기술 서적이나 컴퓨터 속에는 없다. 요즘은 텔레비전이나 프린터를 만들어도 인간만의 시각적 특성과 인식에 대한 이해가 필수적이고, 헤드폰이나 스피커를 만들어도 인간만의 청각적 특성과 인식에 대한 이해가 필수적이다. 과학기술의 시대적 흐름을 유추할 수 있는 능력은 오로지 인간을 바라볼 줄 아는 지혜에서 나온다. 이공계인들은 연구실이나 기계실에 틀어박혀 플라스크와 컴퓨터만 들여다보는 동굴 속 인간이 아니다. 이들에게 정말 필요한 적성은 사회와 인간을 세심하게 들여다볼 줄 아는 시선과 애정이다.

초·중·고등학교 때 어떤 공부를 하면 좋을까?

미국 대통령으로부터 '저 나라 학생들처럼 열심히 공부하자'라는 말을 듣는 게 우리나라다. 분명 칭찬인데 어쩐지 뒷맛이 씁쓸하다. 우리나라처럼 교육열이 높다 못해 과한 나라에서는 '해야 할 공부'보다 '하지 않아도 될 공부'를 먼저 짚어봐야 하지 않나 싶다.

기본적으로 성적으로 줄 세우는 교육 문화에서 행복한 청소년은 찾기 어렵다. 성적이 높으면 높아서, 낮으면 낮아서 스트레스다. 우리 딸 역시 수능 성적 때문에 스트레스를 상당히 많이 받았다. 당장 벗어날 수 없는 것도 현실이다. 나도 아내에게 아이 앞에서 점수 이야기 좀 하지 말라고 한마디 했다가 '대학교수이면서 자기 자식보다 남의 자식 교육에만 신경 쓴다'느니

'세상물정 모르고 애 공부하는 데 바람 넣지 마라'는 핀잔만 잔뜩 들었다.

성적이나 입시 제도에서 완전히 벗어날 수 없다면 몇 가지라도 개선하면 어떨까. 일단 사소한 팁 한 가지는 이렇다. 한 과목을 너무 오래 공부하면 안 된다. 영어 공부를 하다가 수학 공부를 하고, 수학 공부를 하다가 국어 공부를 하는 식으로 바꿔주기만 해도 더 효과적으로 학습할 수 있다. 사람의 뇌는 같은 생각을 너무 오래 하면 피로해져 스트레스를 받는다. 그나마 공부의 내용을 바꾸면 스트레스가 약간씩 해소된다. 어떤 과목이 모자란다고 하나만 집중적으로 파면 스트레스가 더 쌓이고 효율도 떨어진다.

특정 과목의 학습량을 늘리는 것은 한 번에 공부하는 시간을 늘리는 것보다 일정 시간 공부하는 횟수를 늘이는 것이 더 효과적이다. 더 중요한 건 교과목에만 머물지 않는 것이다. 과목과 과목을 바꿔가며 공부하는 걸 넘어 교과목 바깥을 넘나들어야 한다.

이공계인이 되기를 꿈꾸는 이에게, 초·중·고등학교 때 가장 중요한 공부는 주변의 친지, 친구, 학교, 사회에 대한 관심과 사고의 확장이다. 입시에 필요한 몇몇 과목만 들여다보는 학창 시절은 청소년의 현재와 미래에 모두 좋지 않다.

아마 이런 이야기는 학부모라면 많이 들어봤을 것이다. '공부를 시키고 싶어서 시키냐'는 학부모의 푸념도 이해 못할 바가 아니다. 그러나 이공계를 진로로 생각하고 있다면, 초·중·고등학교 때 가족에서부터 친지, 친구, 학교, 사회, 국가, 세계로 인간에 대한 관심과 이해의 영역을 점점 넓히는 것에 대해 심각하게 고민하고 최대한 애써야 한다.

지금은 말 그대로 격변의 시대다. 이공계의 기술 혁신 속도는 컴퓨터의 연산 속도로도 따라잡을 수 없이 빠르게 변하고 있다. 예전처럼 공부 잘하는 모범생이 되는 것만으로 성공할 수 있는 세상이 아니다. 꿈을 꾸기 위해서는 시대를 읽고 미래를 예측하는 힘이 필요하다. 세상에 필요한 무언가를 만들어내기 위해 존재하는 이공계인들은 인간과 사회에 관한 견문의 폭을 넓혀야 한다.

이를테면, 이공계인은 역사도 볼 줄 알아야 한다. 역사는 어떻게 보면 인간의 삶에 대한 기록이다. 사람의 관심사와 행복이 어떻게 바뀌는지 올바로 볼 수 있다면 과학기술의 추이 또한 짐작할 수 있을 것이다.

시대별 기술의 특성을 이해하는 과정도 꿈을 만들어갈 때 큰 영감을 줄 수 있다. 산업 시대와 정보 시대, 지식 시대 등 시대별로 기술의 역할은 줄곧 변해왔다. 역사적 흐름을 공부하면 사람들이 요구하는 미래의 기술이 무엇인지, 앞으로 준비해야 할 기술의 특성은 무엇인지 예측할 수 있을 것이다.

물론 그 예측이 다 맞지는 않을 것이다. 그러나 큰 흐름이 어느 방향으로 움직이는지 짐작해보는 건 얼마든지 할 수 있다. 다시 말해 역사 지식을 공부하는 게 아니라 역사를 통해 사고하는 힘을 기르는 게 더 중요하다. 청소년들에게 필요한 건 이런 경험이다.

그리고 선행학습은 내려놓자. 나는 선행학습을 절대적으로 반대한다. 청소년들이 겪는 절망의 상당 부분이 선행학습에 있다고 볼 정도다.

누구나 자기 목표에 대한 신념을 가지고 있어야 한다. 그러나 현실에서 대부분의 학생들은 그렇지 못하다. 살다 보면 자기가 생각하지 못한 일에 부딪치기 마련이다. 선행학습에 익숙한 학생들은 모르는 것이 나오면 쉽게 포기하거나, 직진하는 대신 당황하며 돌고 돌아가다가 이도저도 아닌 결론에 도달하고 만다. 반대로 선행학습 없이 자란 아이들은 고비에서 강한 편이다. 잘 모르는 것을 만나도 '모르면 어때. 지금부터 공부해서 알면 되지' 하는 배짱이 있다.

우리 사회는 학창 시절부터 사회 생활까지 여유도 없고 인내심도 부족하다. 학교에서는 선행학습을 기본으로 여기고, 회사

세상에 필요한 무언가를
만들어내기 위해 존재하는
이공계인들은 인간과 사회에 관한
견문의 폭을 넓혀야 한다.
이를테면, 이공계인은
역사도 볼 줄 알아야 한다.
역사는 어떻게 보면
인간의 삶에 대한 기록이다.
사람의 관심사와 행복이
어떻게 바뀌는지 올바로 볼 수 있다면
과학기술의 추이 또한
짐작할 수 있을 것이다.

에서는 터무니없는 성과 압박을 당연한 일처럼 여긴다. 나 역시 연구를 하다 보면, 성과를 검증할 때가 아닌데도 회기연도를 기준으로 설익은 성과를 공개해야 하는 일이 다반사다.

아마 우리나라 교육 제도 안에서 공부했다면 가우스는 위대한 수학자가 되지 못했을 것이다. 가우스는 1부터 100까지 순서대로 더해서 합을 구하는 문제를 아무런 사전 지식 없이 덧셈의 순서를 바꾸어 풀어냈다. 이는 자신이 익힌 것을 활용할 만한 여유가 있었기 때문에 가능한 일이었다. 새로운 것을 배우기에 바빠서 배운 것을 익히고 이해하는 심화학습을 놓쳐버린 우리 아이들에게는 먼나라 이야기처럼 들리지 않을까.

무엇이든 단순히 안다고 자기 것이 되지는 않는다. 우리 사회는 생각하는 법을 가르쳐주지 않고 있다. 진정, 지식을 자기 것으로 소화하려면 아는 것을 되씹어서 이해해야 하고, 내가 아는 것을 가지고 사회에 나가서 실행해봐야 한다. 인생의 문제는 교과서적이지 않다. 정해진 답이 있는 것이 아니라, 모두 유추하고 응용해서 풀어야 하는 문제들이다.

이 훈련이 되어 있지 않으니 새로운 문제를 마주하면 위축되고 포기하는 학생들이 많다. 문제를 피해가려고 하거나 편한 것을 찾아가려고 한다. 여기서 편하다는 건 자기중심적으로 핑계를 만들어 합리화한다는 뜻이다. 어떻게 보면 도전 의식의 부족이다. 도전을 하려면 자신이 가는 길이 옳다는 신념이 있어야 하고 자신의 신념이 여러 사람을 위한 것이라는 확신이 있어야 한다. 자기만을 위한 신념은 아집일 뿐이다.

선행학습에 대해 한 마디 더 보탠다면, 선행학습을 피해야 하는 건 공부만이 아니다. 나는 부모가 아이들에게 미리 사회에 대해 알려주려고 애쓸 필요가 없다고 생각한다. 그건 부모가 가르친다고 해서 알 수 있는 부분이 아니다. 아이들은 부모 스스로도 그러했듯이 학교와 사회를 거치며 사회가 어떤지를 스스로 가슴 아프게 겪는다. 부모의 역할은 그런 상처를 겪고 온 아이들에게 무언가 가르치는 게 아니라 위로와 사랑으로 끌어안는 것이다.

사회에 대해 부모들이 겪은 것을 가르치는 건 오히려 자녀들에게 거부감이나 방어적 태도를 갖게 할 수 있다. 선행학습에 너무 길들여지면 정작 진짜 인생에서 좌절하기 쉽다. 기계적으로 문제를 푸는 훈련만 했던 사람은 스스로 헤쳐나갈 힘이 부족하다. 자신이 풀어보지 못한 문제가 나오면 두려움부터 찾아오기 때문이다. 알 수 없는 길을 섣불리 안내하지 말자. 인생에는 선행학습이 없다.

이공계와 인문계가 다르다고 생각하지 마라

이과를 갈까, 문과를 갈까? 일반적인 고등학교에 들어간 청소년 본인이나 학부모라면 누구나 마주치게 되는 공통된 질문이다. 어떤 가족은 이 선택이 마치 인생 전체의 항로를 좌우하는 결정적 순간처럼 여기고 심각한 고민에 빠지기도 한다. 우선 너무 심각해지지 말라고 얘기하고 싶다. 또 이과와 문과라는 두 영역의 경계가 점차 무너지고 있다는 점도 강조하고 싶다.

물론 이공계와 인문계는 다루는 학문과 직종이 다르다. 하지만 실제 사회인이 되고 나면 한쪽의 지식만으로는 살아갈 수 없다. 특히 이공계가 그렇다. 나 역시 인생을 살아갈수록, 연구를 하면 할수록 그 사실을 더욱 선명하게 느낀다.

나는 한국에서는 기계공학, 미국에서는 전자전기공학을 중

이공계와 인문계는
다루는 학문과
직종이 다르다.
하지만 실제 사회인이 되고 나면
한쪽의 지식만으로는 살아갈 수 없다.
특히 이공계가 그렇다.
나 역시 인생을 살아갈수록,
연구를 하면 할수록
그 사실을 더욱 선명하게 느낀다.

심으로 공부했다. 그 과정에서 학문의 유기적인 관계에 대해 많은 깨달음을 얻었다. 이전까지는 기계와 전자를 별개로 바라보았지만, 알고 보니 사물과 사물은 서로 깊이 연계되어 있었으며 학문에서도 분야와 분야가 무수한 지점에서 연결되어 있었다.

강의하면서 즐겨 하는 이야기이지만, 기계든 전자든 원자 수준으로 내려가면 학문의 경계가 사라진다. 입자 하나가 날아가는 현상은 물리학, 화학, 생물학으로 나눌 수 없다. 날아가는 입자가 질량이나 전하 없이 에너지만 가지고 있다면 그것은 빛이다. 만약 질량이 무시되고 전하만 있다면 그것은 전자다. 전하도 없이 질량만 있다면 그것은 기계다. 어떤 하나의 현상은 어느 한 가지 학문으로만 설명할 수 없는, 수많은 것들이 결합된 사건 그 자체다.

세상에 존재하는 물체는 이렇듯 모든 면모를 다 가지고 있다. 그런데 기계를 전공하는 사람은 대상의 질량만, 전자를 전공하는 사람은 전하만 본다. 그러면 사물의 총체를 볼 수 없다. 때로는 적분을 해야 하는데 항상 미분만 하는 것처럼, 때때로 전문화된 지식은 종합적인 사고를 방해한다.

이공계와 인문학의 관계 또한 그렇다. 공학적으로만, 인문학적으로만 해석할 수 있는 현상과 사물은 사실상 없다. 단지 우리가 특정한 시선을 가지고 그것을 바라보기에 '과학적 현상',

'인문학적 성찰' 등의 말을 붙이는 것이다.

인문학의 중심에는 사람이 있다. 인간의 심리, 사회 집단의 심리, 인간의 역사, 인간 집단의 의식, 인간의 문화 등을 모두 인문학에서 배울 수 있다.

내가 보기에, 미래의 이공계에서는 수학을 잘하는 사람보다 인문학을 잘하는 사람이 훨씬 유리하다. 이공계인이 가져야 할 역지사지의 정신 또한 이공계의 중심에도 인간이 있다는 폭넓은 관점에서 획득된다.

연구를 하다 보면, 아주 큰 물체를 탐구할 때도 있고 정말 작은 현상을 들여다봐야 할 때도 있다. 작은 물체와 큰 물체는 아주 다르다. 동물만 해도 크기에 따라 똑같은 환경이더라도 전혀 다른 영향을 받을 수 있다. 비가 오면 코끼리는 시원함을 느끼지만 개미는 생명의 위협을 느낀다.

개미를 연구한다면 개미의 입장이 되어야 한다. 코끼리의 입장에서 개미를 연구하면 안 된다. 물체의 크기가 작아질 대로 작아지면 우리 눈에 보이지 않는데, 보이는 현상을 연구하는 것과 보이지 않은 현상을 연구하는 건 전혀 다르다. 앞서 이야기했듯이 똑같은 환경이라도 크기에 따라 전혀 다른 양상이 나타나기 때문이다.

이공계인에게 종합적인 사고를 요구하는 상황은 셀 수 없이 많다. 환경 문제만 봐도, 최근 과학기술 연구에서도 환경을 생각하자는 목소리가 거세지고 있다. 에너지 차원에서 보면, 산업화 시대 이후 우리의 환경은 엔트로피가 증가하는 쪽으로, 그러니까 무질서도가 증가하는 쪽으로 나아가고 있다. 자연에 있는 에너지를 그대로 사용하지 않고, 석유와 같은 화학에너지를 열에너지로 바꾸는 방식으로 지구의 자원을 손실시키는 중이다.

그 위기 의식은 과학기술 연구에 그대로 반영되고 있다. 현재의 이공계인은 자신의 작업을 진척시켜나갈 때 토털코스트(총비용)의 범위를 기존과는 다른 관점에서 살펴야 한다. 경제적·과학적 관점에서 무조건 저렴하고 고성능으로 만드는 게 관건이 아니다. 공기와 토양을 오염시키는 것까지 비용으로 생각하는 관점이 과학계에서 환영받고 있다.

원자력 기술만 해도 그렇다. 발전 단가로만 따지면 그 어느 것도 원자력 발전을 따라갈 수 없다. 하지만 토털코스트로 보면 원자력이 최상의 방식이라고만은 할 수 없다. 원자력 발전소의 핵폐기물을 안전하게 처리하는 방법은 여전히 확인되지 않고 있다. 그저 어딘가에 깊숙이 묻어둘 뿐이다. 지구 전체를 놓고 비용을 따지면 원자력 발전이 미치는 손해가 막심한 셈이다. 이런 차원에서 보면, 탄소 집진 장치나 여과 장치를 통해 공해를 통제할 수 있는 방법이 존재하는 화력 발전이 원자력 발전보다 더 나은 방법일지도 모른다.

친환경 연구는 이공계의 메가트렌드이며 파리협정과 같은 강제 규정도 속속 생겨나고 있다. 온실가스 감축 목표 등에 따라 어느 분야든 무분별한 확장으로 환경을 훼손하기보다는 제한된 범위 안에서 자신이 잘할 수 있는 것에만 집중하게 하는 분위기다. 과거에는 개발과 환경의 경계가 애매했지만 점차 테두리가 확실해지고 있다.

이런 요소들은 과거의 과학기술자들이 크게 신경 쓰지 않았던 부분이다. 사실 이제까지의 과학은 엄밀한 의미에서 치열하게 인간 중심적 사고를 하지 않았다. 하지만 앞으로는 다르다.

이공계를 지망하는 학생들에게 인문학 공부는 필수다. 진정한 성공을 위해서는 자신의 꿈속에 다른 사람의 꿈을 품어내야 하고, 그러려면 사람을 알아야 한다. 인문학적인 사고방식 없이는 이공계에서 성공할 수 없는 것이다.

그렇기에 나는 차이보다는 공통점을 중심으로 문과와 이과에 대해 생각해보기를 권한다. 이과를 가도 좋고 문과를 가도 좋지만 어느 쪽에 가더라도 한쪽 공부만 하겠다는 생각은 버리는 게 낫다. 인문학을 하는 사람은 과학을 알아야 하고 과학을 하는 사람은 인문학을 알아야 한다. 세상의 반쪽만 알아서는 할 수 없는 일이 점점 더 많아지는 중이다.

2장

어디로 가면 좋을까?

어디서
해야 할까?

유년기와 청소년기를 잘 보내는 건 한 사람 인생 전체에서 매우 중요한 일이다. 정답은 없지만, 내 경우를 예로 들어 아이들에게 필요한 환경과 경험에 대한 이야기를 해볼까 한다.

어렸을 때를 회상하면 '장난감 만들기'부터 떠오른다. 초등학교 때 나는 무엇이든 만드는 것을 좋아했다. 신문지, 달력, 박스로 딱지를 접었고, 아기들 기저귀에 사용하는 노란 고무줄을 뽑아 나뭇가지에 걸어 새총을 만들었다. 모기장을 뜯어 철사를 끼우고 실로 대충 감아 곤충 채집망을 만들기도 했다. 굵은 철사로 물고기를 잡는 채도 만들었다.

돌이켜보면 손재주가 있는 축에는 끼지 못했다. 그러나 재주가 없다고 흥미까지 없는 건 아니다. 잘 굴러가든 굴러가지 않든 나는 그저 손으로 조물거리며 내 깜냥대로 만드는 일이 마냥 즐거웠다.

또 한 가지 떠오르는 건 선명한 오감이다. 어린 시절 내가 경험한 색채와 향취, 소리는 아직도 선명하게 기억난다. 우리 집은 비교적 대구 도심에 속했지만, 옛날이니 도심이라고 해도 농촌 티를 많이 벗지 못한 곳이었다. 구름과 노을의 하얗고 붉은 빛깔, 저녁 시간이 되면 나는 밥 짓는 냄새, 장작 냄새, 소풍 가기 전날 얄밉게 함석지붕을 때리던 빗소리, 개울물 소리, 키우던 병아리의 보드라운 감촉, 군것질거리로 좋아했던 아이스케키의 달콤함……. 이런 감각들이 내 어린 시절 기억의 대부분을 차지한다. 내 오감의 대부분은 어릴 적 감각의 기억들로 채워져 있다.

집 뒷밭이며 냇가를 돌아다니며 온갖 풀과 곤충들과 함께 시간을 보냈다. 여럿이 어울리기보다는 파꽃, 개울, 달, 나무, 거위, 곤충을 친구로 삼아 혼자 보내는 때가 많았다. 책을 들여다보는 것보다 자연을 만나는 시간이 더 흥미로웠다. 이리저리 빈둥거리며 파밭을 거닐고 개울을 들여다보는 게 그렇게 재미있을 수가 없었다.

그러다 보니 과학 책을 봐도 그곳에 나온 꽃이니 풀이니 하는 것들이 낯설지 않았다. 이미 알던 것들에서 이름만 새롭게 익히는 정도였다. 먼저 경험하고 책으로 확인하니 공부가 쉬웠다. 과학에 흥미를 가진 건 아마 그때부터였을 것이다.

정말 신나게 놀았던 시절이다. 아마 나의 생명체에 관한 연구와 인간의 감정에 관한 연구는 어린 시절 생생히 느꼈던 오감과 그때의 관찰 경험에서 비롯되는지도 모른다. 어린 시절 골목길에서 뛰어놀며 뒷동산과 개울가에서 보고 듣고 느낀 모든 것이 지금 생각하면 다 공부였고, 지금도 연구 아이디어를 내고 문제를 해결하는 데 큰 자산이 된다는 것을 깨닫는다. 아이들에게 진정 필요한 경험은 책상 앞에서 책을 들여다보는 게 아니라 현장을 직접 느끼고 체험해보는 일이 아닐까 싶다.

요즘 시대에 도시 아이들을 시골로 보내서 공부를 시켜야 한다는 소리가 아니다. 살고 있는 곳이 어디든 아이를 책상 앞으로만 내몰지 말고 자연을 직접 느끼게 해줌으로써 그 경험을 통해 감성적인 자산도 만들고 자기 목표도 설계할 수 있는 기회를 만들어줘야 한다는 뜻이다.

청소년기에 나는 남들과 별다를 게 없는 학창 시절을 보냈다. 조용하면서도 혼자 놀 거는 다 노는, 그런 중·고등학생이었다.

방과 후 숙제 외에는 따로 공부를 하지 않았다. 학원도 다녀본 적이 없다. 한때 교직에 계셨던 아버지는 사교육을 인정하지 않는 분이었다. 과외뿐 아니라 학원조차도 허락해주지 않았다.

언젠가 한번은 친구들이 다 가는 학원을 방학 때 한 달만이라도 보내달라고 계속 졸랐는데, "정 가고 싶으면 학원을 다니고 대신 학교는 그만 둬"라는 말만 되돌아왔다.

중학생 때는 무언가에 깊이 빠지는 일이 잦았다. 당시 TV 프로그램 〈제5전선〉이나 〈하와이 5-0 수사대〉 같은 추리물을 무척 좋아해서 시험을 앞두고도 정신없이 TV를 본 탓에 담임 선생님이 가정통신문에 "시험 때만은 추리물을 못 보게 해주세요"라고 적어 보낼 정도였다. 라디오 조립에 빠져 한참을 매달려 있기도 했다. 친구들은 당시의 나를 '조용하지만 생뚱맞은 아이'로 기억한다. 종잡을 수 없었다는 평이다.

고등학생 때는 사춘기가 찾아와 현실과 이상과의 괴리에 아찔해하며 방황의 시기를 보냈다. 그러면서도 친구들과 늘 몰려다녔다. 가장 재미있었던 경험은 동아리 활동이다. 당시 나는 '청록'이라는 이름의 문학 동아리에서 활동했다. 매주 책 한 권씩 읽고 토요일에 모여 토론하는 동아리였는데, 국어를 좋아했던 나는 동아리 활동에 꽤 열성이었다. 시와 수필을 중심으로 읽다가, 나중에는 카뮈나 니체같이 심각한 소설이나 철학 서적에 빠져 사춘기 특유의 반항심으로 세상을 삐딱하게 바라보기도 했다. 인생이 어쩌니 저쩌니 하며 술을 마신 날도 있었다.

그때 취미로 음악도 즐겼다. 중학교 3학년 때부터 집에 전축을 사달라고 졸라서 고등학교 때는 거의 모든 용돈을 음반을 사는 데 썼다. 당시 해적판(소위 '백판'이라 불리던 불법 복제음반)을 300~400장 정도 가지고 있었는데, 대부분 포크송과 팝 음악이었다. 해리 닐슨Harry Nilsson의 'Without You'가 당시 거금을 들여 구입한 첫 번째 라이선스 레코드판이다.

이 글을 읽는 이들은 대학교수의 유년기와 청소년기에 뭔가 특별한 것이 있을 것이라 기대했을지도 모르겠다. 하지만 나는 어릴 적에는 혼자 밥을 굶어가며 산이며 강을 놀러다니던 시골뜨기였고, 커서는 추리극, 음악, 문학 동아리 활동에 빠져 있던 평범한 중·고등학생이었다. 과학자가 되겠다는 꿈을 꾸지도 않았고 원대한 목표를 가지고 있지도 않았다.

중학교 때는 전교에서 5등, 고등학교 때는 이과에서 20등 정도 했으니 공부는 그런대로 하는 축에 속했다. 전교 1등을 놓치지 않는 수재는 다른 사람 얘기였다. 전교 1등을 하려면 두루 잘해야 하는데 싫어하는 과목은 하나도 공부를 하지 않아 점수가 잘 나오지 않았다. 좋아하는 국어와 과학, 영어, 음악은 괜찮았지만, 역사나 지리는 지루했고, 미술과 체육은 영 형편없었다. 대체로 암기 과목보다는 이해하고 응용할 수 있는 과목을 더 좋아했다. 지금도 나는 암기력이 별 볼 일 없어서 전화번호나 주소, 이름을 잘 외우지 못하는 편이다.

중요한 것 한 가지.
최대한 좋은 환경을
조성하고 접하되,
환경을 인생의
결정적 요인으로
여기지는 말자.
환경보다
자신이 속한 환경에서
최선의 선택을 하는 것이
더 중요하다.
누구에게나 어려운 여건이 있고
어쩔 수 없는 상황이 있다.

분명한 건 공부에 대한 심한 압박이나 학원에 가야 한다는 스트레스가 없었다는 사실이다. 어린 시절에 나는 친구들과 재미있게 놀았으며 온갖 취미를 두루 경험했다. 아마 가장 중요한 환경은 바로 이것이 아닐까 싶다.

그리고 중요한 것 한 가지. 자신의 호기심과 관심을 만족시키기에 최대한 좋은 환경을 조성하고 접하되, 환경을 인생의 결정적 요인으로 여기지는 말자. 환경보다, 자신이 속한 환경에서 최선의 선택을 하는 것이 더 중요하다. 누구에게나 어려운 여건이 있고 어쩔 수 없는 상황이 있다. 그렇다고 해서 대한민국을 떠나고 지구를 떠나라는 조언은 있을 수 없다. 어떤 환경, 어떤 어려움을 만나더라도 자기 신념을 지키면서 문제를 극복하고 스스로 보람을 느끼며 결정하는 힘을 갖는 것, 그것이 환경에 얽매여 살며 불평하고 스스로 만족하지 못하는 것보다 훨씬 더 소중한 일이다.

대학이 그렇게 중요할까?

내가 고등학생이었을 때 우리 부모님은 문과를 간다면 법대로, 이과를 간다면 의대로 진학하기를 희망했다. 문학이나 경제학에 관심이 많았던 나는 문과로 가고 싶었지만 법대는 별로였다. 외워야 할 것이 많을 것 같아서였다. 부모님이 원하는 법관과 의사 중에서는 차라리 의사가 낫겠다 싶어서 이과를 선택했다.

그런데 대학 입시 전기에서 의과대학에 지원했다가 그만 보기 좋게 떨어지고 말았다. 집안에서 재수는 절대 안 된다고 하고, 그렇다고 서울에 있는 사립 대학교로 유학 갈 형편은 안 되어서 어쩔 수 없이 후기로 영남대학교 기계과에 진학했다. 당시 대구의 후기 대학에는 의과대학이 없어서 기계과 출신인 아버지의 권유로 기계과를 선택했지만, 사실 학교를 다니고 싶은 마음이 별로 없었다. 그냥 부모님이 하자는 대로 맞춰준 것뿐이었다. 몰래 다음 해 다시 시험을 보거나 다른 과로 전과를 할 생각이었다. 게다가 당시는 창피해서 친구들도 만나지 않고, 미팅도 나가지 않았다.

공부든 취미든 하고 싶은 것만 하는 내 삶은 대학에 진학해서도 그다지 바뀐 게 없었다. 영남대학교 1학년 때는 수업을 밥 먹듯 빠졌다. 좋아하는 사진 찍기나 글쓰기 같은 걸 하면서 대부분의 시간을 보냈다.

그 무렵, 다른 공부는 안했어도 영어 공부는 계속했다. 영어 공부를 한 이유도 영어 시험을 보기 위해서가 아니라 좋아하는 팝 가사를 이해하기 위해서였다. 대학교 때 시내 음악다방에서 DJ를 했는데, 팝에 대해서는 나만큼 많이 아는 친구가 드물었다. 대구 시내 동성로에는 당시 '서라벌'과 '지구'라는 대형 레코드 가게가 있었는데, 그곳의 직원들에게 나는 매주 새로운 판을 구하러 오는 유명한 손님 중 한 명이었다.

악기 연주에도 관심이 생겨 대학생이 됐을 때 피아노를 배우기 시작했다. 초등학생 때 바이올린 소리가 너무 좋아 바이올린을 배우고 싶었지만 당시 바이올린 가격이 너무 비싸기도 하고 배울 곳도 마땅치 않았다. 내가 대학생일 때 초등학생이던 막내 동생이 피아노를 배우길래 나도 해보고 싶었다. 그러던 어느 날

피아노 선생님으로부터 "지금까지 오랫동안 피아노를 가르쳐 봤는데 학생처럼 소질이 없는 사람은 처음이에요"라는 이야기를 듣고 피아노 배우기를 포기했다.

이게 끝이 아니다. 당구, 여행, 테니스, 사진도 섭렵했다. 용돈을 벌기 위해, 대구에 있는 미군 부대에 들어가 미국인 중학생에게 영어로 수학을 가르쳤다. 취미 생활에 필요한 음반, 테니스 라켓, 카메라와 필름 살 돈을 마련하기 위해서였다.

그렇게 신나게 논 결과는 학사경고였다. 들어갈 때는 과 차석으로 들어가 전액 장학금을 받았는데, 1학기에 다수의 F 학점으로 학사경고를 받는 바람에 장학금이 날아갔다. 2학기 때는 등록금을 내야 했다.

어쩔 수 없이 2학기부터는 학교에 나갔지만 전공 수업은 제대로 안 듣고 논리학, 경제학, 법학같이 다른 학과 과목을 들었다. 그때만 해도 이공계열 공부를 하느니 차라리 고시 같은 걸 보는 게 낫겠다는 마음이었다.

이렇듯 대학 생활에 전혀 정을 못 붙이다가, 3학년 때 우연한 계기로 상황이 바뀌기 시작했다. 2학년 2학기 때 본 시험에서 만점을 받았는데, 담당 교수님이 자기가 낸 시험에서 100점을 받은 학생은 내가 처음이라며 나를 호출했던 것이다. 그때 나는 장학금을 탈 생각에 혼자 전공 교과서를 보고 공부해서 시험만

봤는데 어쩌다 성적이 잘 나왔다. 교수님이 나를 좋게 봤는지 학부생인데도 불구하고 조교처럼 나를 옆에 두며 각별히 대해 주었다.

그러다가 사건이 하나 터졌다. 영남대학교 근처 고산이라는 곳에는 유명한 딸기밭이 있었다. 하루는 누가 수업 대신 딸기를 먹으러 가자고 제안했다. 과대표가 교수님께 양해를 받아오기로 했는데, 그때 과대표가 나였다. 그 과목은 나를 좋게 봐주시는 교수님의 수업이었는데, 나는 교수님을 찾아가지 못하고 그냥 무턱대고 괜찮다고 큰소리치면서 다 데리고 딸기를 먹으러 갔다.

그런데 이게 일이 커졌다. 교수님이 과대표가 무단휴업을 주도했으니 징계를 하겠다고 나선 것이다. 호출을 받아 잔뜩 겁을 먹고 갔는데, 교수님에게는 다른 꿍꿍이가 있었다. 정학을 받을 건지 서약서를 쓸 건지 결정하라며 종이 한 장을 내밀었다. 거기에는 '한국과학원 입시에 도전하겠다'는 내용이 적혀 있었다. 한국과학원이 지금의 한국과학기술원(카이스트)이다.

교수님은 내가 이공계에 재능이 있는 걸 눈치 채고 있었는데, 여간해서는 내가 응하지 않을 걸 알고 늘 기회를 기다리다가 사건이 터졌을 때 협박 반 권유 반으로 나를 설득했던 것이다. 나는 그때 한국과학원이라는 곳이 있는 줄도 몰랐다. 나중에 알고 보니 한국과학원은 학부 과정은 없고 대학원만 있는 곳으로 합격자에게 군 면제 혜택까지 주는 과학 인재들의 집결지였다.

고민 끝에 교수님의 제안을 받아들여 한국과학원에 도전해 보기로 하고 3학년 때부터 공부에 집중하기 시작했다. 나는 여전히 학교 수업은 거의 듣지 않고 혼자서 공부했다. 교수님이 한글로 번역된 학교 교재를 보지 말고 영어로 된 원서 교재로 공부하라고 조언해서 원서로 공부했다. 그 결과, 공과대학을 수석으로 졸업하고 한국과학원까지 합격할 수 있었다.

요즘 현실과 비교하면 그 시절 공과대학 수석은 그리 대단하다고 할 것은 아니다. 당시 영남대학교에는 대학원 진학을 위해 공부하는 학생이 많지 않았고, 그 덕분에 1학년 때 학사경고를 받은 내가 공과대학을 수석으로 졸업할 수 있었던 것이다.

어찌 되었든 노력과 운이 따라주어 영남대학교 기계공학과에서 카이스트에 입학한 1호 학생이 되었다. 당시 카이스트 입학 시험을 보고 나서는 못 푼 문제도 있고 해서 망했다는 생각에 재수 준비를 하며 합격자 발표도 보러 가지 않았다. 다행히 당시 카이스트에 다니던 선배가 합격했다고 연락을 해줘서 부랴부랴 서울로 올라가서 면접 시험을 볼 수 있었다. 나중에 알게 된 바로는 상당히 좋은 성적으로 합격했다고 한다. 카이스트에서는 CAE(컴퓨터응용공학) 분야를 공부하는 것으로 대학원 생활을 본격적으로 시작했다.

내가 말하고 싶은 건 지방대 출신이 우연히 기회를 잡아 카이스트까지 입성한 신데렐라 스토리가 아니다. 내가 3학년 때부터 마음을 잡고 카이스트까지 도전할 수 있었던 이유는 무엇이었을까? 아무리 교수님이 권유한다고 해도, 좋은 기회가 눈앞에 왔다고 해도 스스로 움직이지 않으면 도달할 수 없다.

솔직히 이야기하면 그때까지 해보고 싶은 걸 다해서 남은 게 공부뿐이었다. 고등학교 때부터 대학교 2학년 때까지 전국의 유명한 산과 바다는 거의 다 가보았고, 음악에서 운동까지 온갖 취미 활동을 충분히 경험하면서 공부만큼 후회가 적은 것이 없다는 것을 스스로 느낀 즈음이었다. 어떤 이는 이런 시기를 방황이라 부르기도 하지만, 나는 특별히 그렇게 여기고 싶지 않다. 돌고 돌아 내 길을 찾는 시간 또한 내 목표를 만들어주는 하나의 과정에 속한다고 생각한다.

대학은 중요하다. 간판이 중요하다는 게 아니다. 지금 카이스트 내 실험실에서 함께 일하는 대학원 학생들이 모두 과학고등학교나 카이스트를 나온 영재들일 거라고 생각하는 사람들이 많다. 모두 훌륭한 학생들인데, 출신은 아주 다양하다. 잘나가는 이공계 인재가 되려면 과학고등학교를 나와 서울대학교

대학은 중요하다.
간판이 중요하다는 게 아니다.
지금 카이스트 내 실험실에서
함께 일하는 대학원 학생들이
모두 과학고등학교나
카이스트를 나온 영재들일 거라고
생각하는 사람들이 많다.
모두 훌륭한 학생들인데,
출신은 아주 다양하다.
잘나가는 이공계 인재가 되려면
과학고등학교를 나와
서울대학교나 카이스트에 진학해야
한다고 믿는 부모가 있다면,
그렇지 않다는 점을
얘기해주고 싶다.

나 카이스트에 진학해야 한다고 믿는 부모가 있다면, 그렇지 않다는 점을 얘기해주고 싶다.

내 경우만 해도, 전기에 의과대학을 가려다가 후기로 지방대 기계공학과를 갔고, 그 이후 카이스트를 거쳐 미국 유학 시절 전기전자를 공부한 후 카이스트 교수로 부임해 나노바이오 분야로 진입했으며, 지금은 바이오의료 분야에서 연구하고 있다.

거의 대부분의 학생들과 학부모들이 대학과 학과 선정을 매우 중요하게 생각한다. 육하원칙 가운데 '언제'와 '어디서'에 집중하고 있는 것이라 할 수 있다. 여기서 '어디서'는 어느 대학 어느 학과라는 지리적인 장소가 아니라 '환경'을 뜻한다. 물론, 좋은 환경의 중요성을 무시할 수는 없다. 그러나 이공계인의 길에서는 '언제'와 '어디서'보다는 '무엇을', '어떻게', '왜' 하는지가 더 중요하다. 그것에 따라 대세가 결정된다.

대학 시절은, 성인이 되는 첫 길목에서 '내 목표'를 구체화하는 시기이기에 무척 소중한 때다. 그런데 그 목표는 바로 등장하지 않는다. '취업'이라는 두 글자에 매여 자신이 진정 원하는 꿈이 무엇인지 알 수 있는 기회를 놓치기보다는, 대학 시절을 '더 많은 경험을 통해 스스로를 만나는 시간'으로 생각했으면 좋겠다. 기회는 꾸준히 온다. 다만 스스로 준비되었을 때만 그 기회를 잡을 수 있다.

학과가 그렇게 중요할까?

나는 초등학생을 위한 강연을 반기며, 내 제자들과 대화하는 것도 즐긴다. 요즘 초등학생부터 대학원생까지 한결같이 내게 던지는 질문이 하나 있다. "선생님, 장래에 저는 뭘 해야 좋을까요?" 초등학생은 자신의 꿈이 뭔지 아는 게 가장 큰 고민이다. 고등학생은 앞으로 어느 대학 무슨 과로 진학하는 것이 유망할지, 대학생은 무슨 전공을 택해야 전망이 좋을지, 대학원생은 논문을 무슨 주제로 쓸지 몰라 머리를 쥐어뜯는다.

'무엇을 해야 하나'에 대한 질문은 많은데, 이상하게도 '어떻게 하는 게 좋은가'라고 묻는 질문은 거의 받지 못했다. 사실 중요한 건 '무엇What'보다 '어떻게How'임에도 말이다. 게다가 '무엇What'을 해야 할지는 내가 대답해줄 수도 없다. 내가 학생 개

개인에 대해 얼마나 안다고 무엇을 하라고 이야기해줄 수 있단 말인가? 무엇을 좋아하고 어떤 일을 하고 싶은지는 본인이 제일 잘 안다.

우리의 진로 교육은 장래 희망 대학이나 학과 또는 직업을 정하라고 강요한다. 안타깝게도 우리 사회에서는 한 명의 청소년이 진로를 선택하기까지 그 과정에서 거쳐야 할 수많은 질문들에 대해 충분히 숙고하고 성찰할 여유를 주지 않고 있다.

당연하게도, 진로 설정은 삶의 목표를 세우는 것에서 출발해야 한다. 그 다음에 그 목표에 도달하기 위해 필요한 도구가 무엇이냐를 고민해야 한다. 목표를 세울 때는 자기가 잘할 수 있는 목표를 세우는 게 중요하다. 남의 목표가 아니라 자신의 목표를 세워야 한다.

나는 학부는 기계공학, 석사는 컴퓨터응용공학, 박사는 극미세 기계전자시스템, 즉 마이크로머신MEMS을 전공했다. 지금은 카이스트의 바이오및뇌공학과 교수로 일하면서 암 진단과 치료에 관련한 의료 분야에도 깊이 관여하고 있는 중이다. 다양한 학과와 분야를 경험한 축에 속한다.

이런 길을 가게 된 것은 사람을 위한 기술을 개발하고픈 내 꿈을 따라왔기 때문이다. 최근 거의 모든 과학기술 분야의 화두가 되는 '융합기술 분야'에 몸담고 있지만, 당시 우리 세대에는 그런 용어조차 없었고, 유행을 따른 적도 없다. 나는 내가 암 연구를 하리라고는 꿈에도 생각하지 못했다. 단지 사람들을 위한 기술에 대해 고민을 하다 보니, 자동차 충돌시 운전자를 보호하기 위한 에어백 연구로 시작해서, 그 이후 생명체의 미세 구조와 원리를 응용한 바이오칩을 연구했으며, 이제는 암 치료까지 관여하는 사람으로 바뀐 것이다.

나는 미국 U.C. 버클리University of California at Berkeley에서 유학 생활을 보냈다. 유학을 결심한 때는 카이스트KAIST에서 석사학위를 마친 다음 군대 대신 가게 된 키스트KIST 연구소에서 4년 반을 보낸 후였다. 그때는 카이스트 석사 과정에 합격만 해도 군 입대가 면제가 되던 시절이었다. 대신 국내 연구소나 산업체에서 군 복무 기간에 해당하는 의무연한 3년을 근무해야 한다는 조건이 있었다. 3년만 있어도 되는 곳을 어찌하다 보니 4년 넘게 있었다. 키스트는 국내 최고 수준의 컴퓨터를 보유한 연구소로, 당시 예비고사 채점이나 주택복권 추첨 같은 국가적인 프로그램 운영은 거의 대부분 키스트 컴퓨터로 수행했다.

키스트 연구원 시절에 가장 기억에 남는 일은 CAD/CAM 연구실 구축이다. 1980년에 CAD/CAM 연구실이 국내에 처음 생겼는데 그 설치 작업에 참여하게 되어서 한참이나 고생했다. 'CADComputer Aided Design/CAMComputer Aided Manufacturing'이란 컴퓨터를 이용한 설계와 자동 가공을 뜻한다. 전산실 에어컨 설치부터 컴퓨터 그래픽 컬러 프린터나 플로터 등 최신 연구기기의 설치와 관리, 교육은 물론, 컴퓨터실 바닥과 천장 공사, 전기 배선에 이르기까지 처음부터 끝까지 거의 모든 시설과 장비를 세팅하다 보니, 나중에는 연구실 관리와 운영에 관해 나보다 더 잘 아는 사람이 없게 되었다. 그 덕분에 키스트에서 예상보다 오래 일하게 되었다.

키스트에서 연구를 할 때는 의도치 않게 야행성 생활을 했다. 통행금지제도 때문에 밤 늦게까지 연구하게 되면 통금이 해제되는 새벽까지 실험실에 머물러야 하는 시대이기도 했고, 사용자가 많은 낮을 피해 밤에 컴퓨터 작업을 하다 보니 야간작업이 잦았다. 열심히 작업한 데이터가 오류로 판명나면 무수히 자책하던 시절이었다.

그곳에서 내가 했던 연구는 '국산 자동차 포니의 충돌과 전복에 따른 차체의 안전성 해석'에 관한 것이었다. 당시 국내 유일하게 대용량 고속 컴퓨터가 있던 곳이 키스트였고, 이런 최신 장비들과 전용 소프트웨어, 여러 가지 그래픽 장비들을 활용해 많은 연구를 진행할 수 있었다.

자동차 차체의 안전성 연구에 매달리면서 한 가지 사실을 깨달았다. 자동차라는 물건은 살펴보면, 기계는 껍데기밖에 없

나는 내가 암 연구를
하리라고는 꿈에도
생각하지 못했다.
단지 사람들을 위한
기술에 대해 고민을 하다 보니,
자동차 충돌시
운전자를 보호하기 위한
에어백 연구로 시작해서,
그 이후 생명체의 미세 구조와
원리를 응용한 바이오칩을
연구했으며,
이제는 암 치료까지 관여하는
사람으로 바뀐 것이다.

고, 자동차의 주요 기능은 전부 전자 장치를 통해 움직이도록 설계되어 있다는 점이었다. 연구를 하면 할수록 자동차를 이해하려면 전자 장치에 관한 공부가 필수라는 확신이 들었다. 제대로 된 전기전자 공부를 하려면 선진국에서 최신 기술을 습득하는 게 최선이었다. 또 앞으로 독자적인 연구를 하기 위해서라도 권위 있는 학위가 필요했다.

여러 가지를 검토한 끝에 경제적 부담이 덜한 주립대학교이면서도 기계와 전자 분야에 명성이 높은 미국 U.C. 버클리(버클리 대학교라고도 불림)로의 진학을 결심했다. 다른 대학도 고려해봤지만 버클리 대학교에서는 내가 원하는 기계와 전자 분야에서 심도 깊은 연구를 할 수 있다는 것에 마음이 끌렸다. 키스트 연구소에 있으면서 모은 돈으로 1년간 유학 생활을 버티며 장학금을 받으면 되겠다는 계산이 섰고, 아파트 전세금을 빼내 갓 결혼한 아내와 함께 미국행 비행기에 몸을 실었다. 29세 늦깎이 유학생이었다.

당시, 버클리 대학교에서는 박사학위를 받으려면 본인의 전공 학과 이외에 반드시 타 학과 전공을 함께 이수해야 하고 자격시험을 통과해야 한다는 부전공 이수 요건이 있었다. 당시 버클리 대학교의 재학생들은 기계공학이 전공인 내가 전기전자공학을 부전공으로 삼아 진학하는 걸 의아해했다. 자기 전공을 중심으로 공부해도 힘든 판에 너무 거리가 먼 분야를 부전공으로 삼는 건 큰 모험이라며 걱정해주기도 했다. 그때 버클리 대학교를 다니던 한국 이공계 유학생들은 미국 학생들의 수학 수준이 높지 않다는 점을 알고 거의 대부분 부전공으로 수학을 선택해 수월하게 부전공 요건을 만족시키는 편이었다. 하지만 나는 오히려 전기전자 분야의 공부가 처음부터 목적이었기 때문에 망설이지 않고 부전공을 전기전자로 선택했다.

학과를 기준으로 내 꿈이 결정되지는 않는다. 꿈을 따라가는 길목에서 그에 맞는 학과를 선택하는 것이다. 내게 필요한 학과 공부를 어떻게 하면 잘할 수 있을지가 중요할 뿐, 학과 선택 자체에 시달릴 이유가 없다. 무슨 학과를 선택할지 모르겠는가? 그렇다면 목표가 불분명한 상태이므로 학과가 아닌 자신의 목표나 꿈에 대해 점검을 시작해야 한다.

유학을 가는 게
더 좋을까?

카이스트에서 미국 명문대로 유학을 가는 내 삶의 궤적이 남들 눈에는 화려하게 보일지 모르지만 유학 생활은 고됨의 연속이었다. 일단 아내와 아이를 둔 가장 역할과 학생 역할을 동시에 해야 했기에, 시험을 앞두고 있어도 아이가 아프면 병원에 가야 했다. 미국 병원은 한국 병원처럼 즉각적인 조치를 해주기보다는 환자의 상태를 보며 치료를 해주는 스타일이라 시험 전날 병원 의자에서 무작정 시간을 보내며 초조해했던 기억이 지금도 생생하다.

대학 공부도 쉬운 게 없었다. 일복이 많다고 해야 할까. 버클리 대학교에 진학을 한 다음 해 세계 최초의 MEMS(미세기계전자시스템: Micro Electro Mechanical Systems) 분야 연구센터

BSAC Berkeley Sensor & Actuator Center가 생기는 바람에 그 일을 맡아 진행하느라 진땀을 흘렸다. 키스트에서 국내 최초의 CAD/CAM 연구실을 세팅하면서 고생했던 것의 복사판이었다.

버클리 대학교에 막 설립된 MEMS 센터에 지원한 이유는 당시 생소한 분야이긴 하지만 기계와 전자를 함께 공부할 수 있다는 이유에서였다. MEMS를 제작하는 공정이 사진을 현상하고 인화하는 공정과 유사하다는 점도 사진을 취미로 즐겼던 내게는 매력적인 요인이었다.

나는 사진 찍기보다 현상과 인화를 더 좋아한다. 필름은 한 번 찍으면 끝이지만 현상과 인화는 또 다른 창조를 가능하게 한다. MEMS는 어떻게 보면 사진을 만드는 작업과 똑같다. 사진 대신 MEMS칩을 만든다는 게 다를 뿐.

연구실이든 센터든 처음 세팅하는 일은 맨땅에 헤딩이다. 일단 이 일에 대해 아는 사람이 없어 물어볼 곳이 없다. 키스트에 있을 때도 CAD/CAM 전용 컴퓨터가 새로 들어왔는데 과열을 피하려면 에어컨 용량을 얼마로 해야 하는지조차 아는 사람이 없었고, 컴퓨터 전용 에어컨을 구하기도 힘들었다. 컴퓨터 같은 장치들은 24시간 온도가 일정하게 유지되어야 해서 아무 에어컨이나 가져다 쓸 수도 없었다. 여기에 연구실에 드나드는 유동인구, 보온 상태, 단열 상태, 기온 변화까지 고려해서 계산을 해야 하는데 그 모든 것을 스스로 찾아내야 하는 상황이었다. 그래서 별 수 없이 줄자로 창문 길이와 벽 두께를 재면서 열전달계수와 시간당 빠져나가는 열량, 공기 유입량과 유출량 등을 계산했다. 정 모르는 부분은 다른 전산실에 전화해 물어보았다.

버클리 대학교에서 MEMS 분야 첫 연구센터인 BSAC를 만들면서 사물을 유심히 관찰하여 유추해보는 훈련을 할 수 있었다. 필요한 환경과 조건을 이해한 상태에서 새로운 방법이나 장치를 적용하고 사용해봄으로써, 새로운 방법이나 장치의 원리와 특성에 대해 더욱 깊이 이해할 수 있게 되었다. 이때의 경험이 나중에 새로운 연구를 진행하기 위해 시설과 장비를 구축할 때 아주 큰 도움이 되었다. 물론 지나고 나니 소중하게 느껴지는 것이지, 그때는 정말 힘들었다.

센터 관련된 일을 제외하더라도 기본적으로 학업이 만만치 않았다. 버클리 대학교는 대부분의 미국 대학에서 한 번만 치르는 박사학위 자격 시험을 두 번(필기시험과 구두시험)이나 봐야 하고 전공 학과 내 세부 전공과 부전공, 그리고 다른 학과 대학원의 부전공을 모두 이수해야 한다. 기계공학과의 세부 전공(설계 및 제작)과 부전공(동역학 및 제어) 외에 전기전자과의 반도체공학까지 부전공으로 공부해야 했으니 공부양이 적을 수가 없었다. 게다가 부전공으로 선택한 전기전자과 대학원 교과목은 수준이 높고 생소한 분야여서 전공 과목에 투자하는 시간의 두 배 이상을 써가며 매달려야 했다. 이곳에서 전기전자를 제대로 배워가겠다는 굳은 결심이 없었다면 헤쳐나가기 어려웠을 것이다.

어려움의 연속에서도 그나마 힘이 되었던 부분은 한국에서 미국인을 대상으로 수학을 가르치거나 팝송을 즐기면서 영어 공부를 한 덕에 의사소통에는 비교적 어려움이 없었다는 점이다. 그리고 지도교수가 가르치는 컴퓨터 응용 설계 과목이 무척 재미있었다. 버클리 대학교는 A나 A^+ 모두 똑같이 4.0의 평점을 받는다. A^+는 한 클래스에서 가장 우수한 학생에게 달아주는 훈장 같은 개념이다. 모든 지도교수 과목에서 A^+를 받은 학생은 나였다.

그렇게 여러 난관을 거친 끝에 버클리 대학교에서 MEMS 분야에서 공학 박사학위를 받았는데, 이는 버클리 대학교뿐 아니라 미국의 대학교 전체에서 첫 MEMS 전공 기계공학 박사학위였다. 버클리 대학교에서 박사학위를 받으려면 보통 5~6년이 걸리지만 나는 4년 반 만에 받았다. 졸업이 빨랐던 것은 연구에 푹 빠져 1987년과 1989년에 연이어 논문 두 편을 냈기 때문이다.

이공계의 경우, 석사에서 박사까지의 기간은 국내에서는 석사 2년에, 박사 4~5년이 일반적이다. 유럽에서는 박사 과정이 3~4년 정도로 조금 짧다. 미국은 박사 과정에서 석박사 구분이 없고 5년 내지 6년의 대학원 과정을 거친다. 학교마다 다르긴 하지만 국내에서 석사학위를 취득했어도 외국에서 인정받지 못하는 경우가 대부분이다.

미국 유학을 고민하는 이들은 미국 대학이 한국에 비해 훨씬 높은 자율성과 책임을 동시에 요구한다는 점을 알아둘 필요가 있다. 버클리 대학교는 오전 8시부터 1교시가 시작되고 점심시간이 따로 없어 자기가 알아서 식사를 해결해야 한다. 수업 도중에 간단히 끼니를 해결하는 학생도 있고, 커피와 샌드위치를 들고 교실에 들어오는 교수도 있다.

학사 일정 등은 학과 게시판에 붙여두는 것으로 끝이다. 한국은 첫 시간에 교재는 무엇을 사고 시험은 언제 보는지 등을 상세히 안내를 해주는 게 보통이지만, 버클리 대학교에서는 개강과 동시에 바로 수업 시작이라서 공지된 교재를 미리 구입해두어야 한다. 그러지 않으면 재고가 없어 교재 없이 수업을 들어야 할 수도 있다. 입학부터 졸업까지, 밟아야 할 단계는 모두 각자가 스스로 알아서 챙겨야 하는 분위기다.

그리고 미국 대학의 강의는 교과서를 들여다보는 것보다 학생들끼리의 토의와 발표가 핵심이다. 쓰기보다 발표 능력이 더

미국 대학 생활은
공부 자체가 치열하다.
정해진 허들을 스스로
넘는 사람들에게만
기회를 주는 방식이다.
학기가 바뀔 때마다
옆자리 학생이 짐을 싸서
떠나는 것을 보게 되는데,
학생 입장에서는
대단한 스트레스다.

중요하다. 한국에서는 전혀 느껴보지 못한 부분이었다. 이공계가 이 정도였고, 인문계에서는 커뮤니케이션 능력이 어마어마하게 강조된다.

미국 대학 생활은 공부 자체가 치열하다. 정해진 허들을 스스로 넘는 사람들에게만 기회를 주는 방식이다. 내가 공부할 때는 1년에 들어오는 대학원 신입생 100명 중 45명 정도만 졸업을 할 수 있었다. 졸업을 못한 사람은 한 단계 낮은 대학으로 옮기거나 포기하는 수밖에 없었다. 학기가 바뀔 때마다 옆자리 학생이 짐을 싸서 떠나는 것을 보게 되는데, 학생 입장에서는 대단한 스트레스다.

이처럼 규칙에 의한 살벌한 생존 경쟁에서 유일하게 도움을 주는 사람은 지도교수이다. 그래서 교수와 학생의 사이가 한국보다 훨씬 좋다. 하지만 지도교수 역시 기준에 미달하는 학생을 도와줄 수는 없으므로 기본적으로 살아남으려면 학생 스스로가 대학에서 요구하는 기본 조건을 충족하기 위해 최선을 다해야 한다.

유학은, 남들이 다 가니까, 유학을 갈 만한 여건이 되니까, 지도교수가 가라고 하니까 해서 가는 게 아니다. 자기 목표를 가지고 치열하게 온몸을 던져야 하는 도전이다. 막연한 생각으로 경험하기에는 선진국 대학의 시스템이 그리 녹록지 않다. 언어의 장벽을 넘기 위해서는 기본적으로 외국어에 대한 흥미와 해당 문화에 대한 이해도 갖춰야 한다.

물론 유학을 가는 것과 국내에서 공부하는 것에는 각각 장단점이 있다. 국내 대학과 외국 대학의 교과목이나 교재에서는 차이가 거의 없지만, 환경과 제도 그리고 지도교수와 선후배와 동료는 다르다. 그 차이는 공부를 마친 후 어디에서 직장을 잡고 어떤 활동을 할지에 따라 다를 수 있다. 그리고 유학을 가는 경우, 대학부터 갈지, 국내에서 석사학위를 마치고 갈지 등 시기적인 문제도 고려해야 하고, 학위를 마치는 데 소요되는 기간도 살펴야 한다. 남학생의 경우는 병역도 고려해야 한다. 개인별 사정과 분야에 따라 모두 다르겠지만, 내 연구실에서는 박사학위를 받은 제자들에게 취업 전후 해외 박사후 과정(Post-Doc)을 적극 추천하는 편이다. 학업이 모자라서가 아니라, 글로벌 시대에 외국의 문화와 시스템을 이해하고 국외 연구자들과의 교류가 필요하다는 생각에서이다.

환경이 중요한 이유는?

카이스트에 처음 입학했을 때 나를 사로잡았던 건 국내 최고의 환경이었다. 학교 안에 휴게실, 식당, 도서관 등 좋은 시설이 즐비했고, 대학교 때 구경하지 못한 최신식 컴퓨터가 설치되어 있었다. 여기서 공부하고 싶다는 생각이 절로 들었다.

카이스트와 버클리 대학교, 두 군데 모두 경쟁적으로 공부하는 학풍을 갖고 있었는데, 결과적으로 성장에 도움을 주었다. 입학하고 보니 카이스트에는 대한민국에서 공부 잘하는 친구들이 다 모여 있었다. 27명의 신입생 중 2~3명 외에는 모두 서울대 출신이었다. 대학교 때처럼 놀면서 공부해도 1등을 할 수 있는 상황이 아니었다. 그 시절 카이스트에서는 내 기수에서도 27명 중 3명이 졸업을 하지 못할 정도로 석사학위 논문 심사가 엄격했다. 다른 학과도 대체로 10~15% 정도는 제때 졸업을 하지 못했다.

앞서 유학 생활의 어려움을 잔뜩 나열하며 겁을 주었지만, 그러한 어려움을 극복할 수만 있다면 사실 유학이 주는 장점은 어마어마하게 많다. 유학을 하면서 개인의 역량을 키우는 데 환경이 매우 중요하다는 것을 새삼 느꼈다.

일단 인상적이었던 건, 1980년대 당시에도 반드시 부전공을 이수하도록 한 버클리 대학교의 학제 교육 원칙이다. 부전공 이수 제도는 자신의 주 전공 분야가 아닌 타 전공 분야를 공부하게 하여 시야를 넓혀주는 좋은 제도 중 하나다. 미국의 대학들은 기본적으로 폭넓은 학문적 접근과 융합을 중요하게 생각하는 편이다.

세세하게 들여다봐도 학생의 입장에서 생각하는 시스템이 많다. 버클리 대학교에는 집단 연구지도 제도가 있다. 한국에서는 학생 한 명과 지도교수 한 명이 짝을 지어 연구와 논문 지도를 하는 게 일반적이지만, 버클리 대학교에서는 연구 주제에 따라 여러 명의 교수가 한 명의 학생을 함께 지도하는 경우가 많다.

어찌 보면 당연한 일이다. 학생이 다루는 연구 주제가 지도교수 한 명의 지식 안에 온전히 포함될 리 있는가? 혹시 그렇다면 오히려 그 연구는 소극적이고 발전적이지 않은 연구일 수 있다. 새로운 아이디어를 담은 도전적인 연구는 기존 연구의 굴레를 벗어나기 마련이고, 여러 교수들이 지혜를 모아야 제대로 지도할 수 있을 것이다.

생각해보면, 집단 연구지도는 교수가 자기 본분에 좀 더 충실하기 위해 사용하는 방식이라고 할 수 있다. 교수는 제자에게 자신이 모르는 것도 가르쳐야 한다. 자신이 아는 것만 가르치면 학생들이 자신과 똑같아져 새로운 사회에 적응하지 못한다. 교수가 아는 지식은 이미 예전 지식이다. 새로운 분야가 생기고 모르는 분야가 있으면 다른 교수나 전문가를 끌어와 학생에게 지식을 제공해야 한다.

집단 연구지도는 학생의 성장에 큰 도움을 준다. 생각해보라. 제자가 지도교수의 범주 안에서만 공부하면 지도교수를 절대 능가할 수 없다. 교수가 10년을 생각했다면 학생은 20년을 더 연구해야 교수를 넘어설 수 있는데 이는 현실적으로 불가능한 이야기이다. 평생 지도교수의 굴레 안에서만 학생이 성장해야 한다면 그게 정상적인 학교의 모습일까? 집단 연구지도는 이러한 한계를 극복해 학생에게 더 넓은 선택지를 부여하고 학생 스스로가 자신만의 분야를 개척할 수 있도록 돕는다. 이제는 카이스트 내에서도 때때로 집단 연구지도 방식이 시도되고 있다.

당시 버클리 대학교의 연구지도 체제는 내게 신선한 충격이었다. 나는 유학 시절 경험을 잊지 않고 기회가 날 때마다 내 학생들을 다른 교수에게 보내 배우도록 한다. 나는 내가 모르는 분야에 대해 다른 교수에게 묻거나 학생 지도를 부탁하는 것을 부끄럽게 생각하지 않는다. 학생 입장에서 다른 학과 교수에게 부탁하기 힘들기 때문에 내가 적극적으로 중개자 역할을 하려 한다. 그러다 보니 거꾸로 반도체, 기계, 생명공학, 재료 등 다른 분야에서도 다른 교수들의 소개를 받아 나를 찾아오는 학생이 적지 않다.

선진국 대학은 어마어마한 인프라가 장점이다. 미국에서 경험한 도서관은 그야말로 최고였다. 대학 내 종합도서관이 있었고, 각 대학과 연구실 내에도 도서관이 있었다. 이런 곳들을 돌아다니면 찾지 못할 정보가 없었다. 우리나라는 인터넷이 발달하다 보니 인터넷 시대에 나온 논문은 모두 찾을 수 있지만, 그 전의 자료는 찾기가 매우 어렵다.

미국 대학의 도서관에서 옛날 논문을 찾아보는 일은 즐거운 일이었다. 내가 연구하던 MEMS 분야는 신기술에 속하다 보니 이전 연구 사례나 참고 문헌을 찾기 어려웠다. 그래서 과거에 작은 크기의 물체를 대상으로 한 연구에서 어떤 방법론을 사용했는지 찾아보기 위해 오래 전 1900년대 초기의 논문을 뒤졌고 그곳에서 많은 아이디어를 얻었다.

가장 기억에 남는 건 벽시계를 만들던 회사가 손목시계를 만들게 되면서 생긴 시도들이다. 그들이 시계 크기를 100배 이상 줄이면서 시도했던 다양한 방식들이 내게 좋은 힌트를 제공했다. 큰 시계를 그대로 크기만 축소한다고 해서 작은 시계가 되는 것은 절대 아니다. 코끼리를 줄인다고 개미가 될 수 없는 것과 마찬가지다. 똑같은 현상이라도 크기에 따라 작용이 달라지므로 새로운 시도들이 필요하다. 이러한 경험들은 버클리 대학교에서 발표한 내 첫 논문 '게 다리Crab-Leg 모양의 스프링을 이용한 무마찰 모터'에도 영향을 미쳤고, 그 이후 카이스트에서 생명체의 미세 구조와 원리를 이용한 국내 최초의 '생체모사 디지털나노구동연구단'을 설립하는 데에도 큰 도움이 되었다.

내가 그런 공부를 할 수 있었던 것은 미국의 도서관 내에 20세기 초, 더 멀게는 19세기에 발표된 논문들까지 먼지를 뒤집어쓴 채 모두 보관이 되어 있었던 덕분이다. 인터넷으로 찾을 수 없는 아주 예전 자료까지, 내가 보고 싶은 논문을 그곳에서 모두 찾을 수 있었다.

미국 대학의 또 다른 장점은 기술 인력의 지원이다. 국내 대학에서의 지원은 거의 전부 행정적 업무 지원이다. 미국 대학의 경우, 실험을 하다가 뭔가 필요한 게 있어 공작실에 가면 필요

선진국 대학은
어마어마한 인프라가 장점이다.
미국에서 경험한 도서관은
그야말로 최고였다.
대학 내 종합도서관이 있었고,
각 대학과 연구실 내에도
도서관이 있었다.
이런 곳들을 돌아다니면
찾지 못할 정보가 없었다.

한 것을 만들어주는 경험 많은 기술 지원 인력이 있다. 이들은 연구자가 아니고 연구기기 제작에 잔뼈가 굵은 기술 베테랑들이다. 그들에게 실험 내용을 이야기하면 어떻게 기기를 만들어야 할지 조언해준다. 우리나라에는 이런 인프라가 없어서 연구자가 알아서 전부 해결해야 한다.

이런 과정이 연구자에게만 도움이 되는 것은 아니다. 온갖 연구 과정을 경험한 기술 지원 인력에 의해 일련의 전문 기술과 노하우가 대학에 축적되기 때문이다. 학생들은 학교를 떠나면 그만이므로 기술 지원 인력이 없으면 학생들의 연구 결과가 대학에 기술로 쌓일 리 없다. 그래서 우리나라는 어떤 분야에 한 연구자가 학교를 떠나고 새로운 연구자가 오면 처음부터 그 연구를 다시 들여다보는 식으로 제자리 달리기를 반복하는 경우가 많다. 현재 국내 대학의 기술 지원 인력이라고는 건물과 기본 시설의 관리인이 전부다.

카이스트에도 기술 지원 인력 제도를 도입하고 싶은 마음이 굴뚝같은데, 늘 예산이 없다는 말만 되돌아온다. 요즘처럼 행정 업무가 거의 전산화된 시점에서 웬만한 문서와 행정은 연구자들이 할 수 있다. 때로는 복잡한 행정으로 일이 더 늘어나거나 더디어지는 경우도 있으니, 행정 인력을 기술 인력으로 돌리거나 재교육을 시키면 되지 않을까 싶지만 마음대로 잘 이루어지지는 않고 있다.

잘 정비된 장비 역시 미국 대학의 힘이다. 미국에서는 장비를 구입하면 매일 그 장비를 상시 점검하는 직원이 따로 있다. 우리나라의 경우 장비 자체는 미국에 크게 뒤지지 않고, 오히려 더 좋은 경우도 많다. 하지만 유지 관리가 제대로 되지 않아 효율성과 활용도가 낮다. 미국에서는 어떤 조건에서 장비를 작동시킬 때 어떤 결과가 나올지 예측이 가능하지만, 우리나라에서는 그렇지 않은 경우가 대다수다.

버클리 대학교를 벤치마킹해서 우리나라의 어떤 대학이 한 차례 시설을 구축한 적이 있는데 그 결과가 좋지 않았다. 제대로 된 유지 관리가 이루어지지 않아 정교한 실험을 하지 못할 상태였기 때문이다. 어떤 장비든 정확하게 잘 유지 관리해야 쓸모가 있는 법이다. 고가의 장비를 사서 보유만 하고 있는 것보다는 저렴한 장비를 사더라도 성실한 관리인을 붙이는 편이 훨씬 낫다.

이런 전반적인 문제들은 우리나라 산학 연구에서도 나타난다. 우리나라에서는 기업에서 대학 연구자에게 연구비를 지원할 때, 회사가 풀어야 할 문제를 의뢰하는 경우가 많다. 아니면, 자신들의 시도가 맞는지 확인하는 용도로, 혹은 대학의 유능한 인재를 자기 기업에 보내달라는 신호 정도로 연구비 지원을 활용한다.

미국은 다르다. 기업에서는 대학에 연구비를 지원해주면서 해보고 싶은 걸 하라고 한다. 그리고 1년에 한 번 결과를 발표하는 것으로 연구 진척 상황을 체크한다. 새롭고 좋은 아이디어를 발굴하기 위해 지원하는 것이지, 회사가 당면한 문제를 해결하기 위해 지원하는 것이 아니다. 그리고 결과를 발표할 때 기업들이 무기명 투표 같은 방식을 통해 연구의 지속 여부를 결정하는데 이 방식은 오히려 연구자에게 용도가 분명한 연구를 하도록 도와준다. 미래 기업체들이 활용 가능성이 낮은 연구에는 연구비를 투자하지 않는다는 것을 연구자에게 확실히 알려주기 때문이다.

이런 전반적인 미국 대학과 이공계의 분위기는 연구자가 신념을 가지고 자기 연구를 효과적이고 집중력 있게 할 수 있는 최적의 환경을 제공한다. 연구자들은 다양한 자료와 준비된 시설, 맞춤형 기기와 장비 등을 총동원해 프로젝트를 이끌어 나갈 수 있다. 당연히 그렇지 못한 환경에 놓인 연구자들보다 더 빨리 좋은 결과를 낼 수밖에 없다.

성공적으로 적응할 수만 있다면 유학 생활은 공부의 내용만이 아니라 다양한 방식과 제도에 대한 식견까지 넓혀주는 좋은 경험이 될 것이다. 나 역시도 사실 버클리 대학교에서 한국으로 돌아올 때 앞으로는 이러한 시스템의 수혜를 받지 못한다는 생각에 걱정부터 앞섰다.

다만 이 역시도 내가 가진 꿈과 유학이 잘 맞아떨어졌기에 긍정적인 결과를 낳은 것이다. 자기 목표를 갖지 않은 사람에게 유학 생활이란 낯설고 외롭고 어려운 상황과 불편한 경험의 연속일 뿐이다. 대학 이름보다는 자신이 발전할 수 있는 교육 프로그램과 연구 인프라를 갖춘 곳을 선택하는 게 더 낫다. 모두가 좋다고 하는 환경이 나에게도 좋은 환경인 것은 아니다. 내 목표를 실현시켜주는 현실적 공간이 가장 좋은 환경이다.

3장

이것이 이공계다

내가 걸어온 이공계

나는 미국 MEMS 분야의 제1호 기계공학 박사다. 1호라고 하면 영광스러운 자리처럼 보이지만 실은 없는 길을 개척하느라 온갖 고생은 다하지만 고생만큼 인정받는 것은 아닌 자리다.

MEMS의 성과는 지금 우리가 쓰고 있는 스마트폰에 고스란히 반영되어 있다. 스마트폰을 터치하거나 흔들어서 생기는 반응들은 아주 작은 센서가 있어 가능하다. 스마트폰의 화면이 회전하는 것도 중력을 이용한 MEMS 센서가 있기 때문이다. 이 센서는 지구가 자석인 동시에 한쪽으로 중력이 작용한다는 점을 이용한 것으로, 이 센서 덕분에 스마트폰은 중력 방향에 따라 화면이 바뀐다.

MEMS는 제작 비용을 줄여준다. 작은 손목시계가 큰 벽시

계보다 비싸듯이, 작게 만들면 비싸질 거라 생각하지만 꼭 그런 것은 아니다. 사진 작업에 비유하자면 원판 하나에 독사진을 찍으나 가족사진을 찍으나 사진 한 장을 프린트하는 비용은 같다. 가족 구성원의 사진을 한 명씩 찍어 전부 프린트하는 것보다 가족이 모두 나온 사진 한 장을 프린트하는 게 한 명당 사진 값이 더 저렴하다. MEMS를 만드는 방법은 사진 작업과 흡사해서 부품을 작게 만들면 동일한 면적에 많은 부품을 넣을 수 있으므로 부품당 제작 비용도 절감할 수 있다.

또 이 기술을 통해 부품을 작게 만들면 동작 속도가 빨라진다. 전자가 움직일 수 있는 최고 속도는 초속 100킬로미터 정도로 정해져 있다. 전자를 빨리 보내려면 전자가 이동하는 거리를 줄여야 한다. 전자회로의 도선을 짧게 한다는 것은 전자회로를 작게 만든다는 뜻이다. 컴퓨터의 공간이 남아도는데도 불구하고 계속해서 전자 부품을 작게 만들려고 하는 이유는 동작 속도 향상과 직결되기 때문이다. 정보기기는 정보를 빠르게 전달할수록 더 비싸다. 사람들이 MEMS에 관심을 갖는 이유는 부품을 작게 만들수록 속도는 빨라지는 반면, 생산 비용은 더 낮아진다는 장점 때문이다.

내가 미국에서 발표한 연구 논문 가운데, 정전기로 움직이는 MEMS 액추에이터Actuator에 관한 논문이 있는데, 그 내용은 대

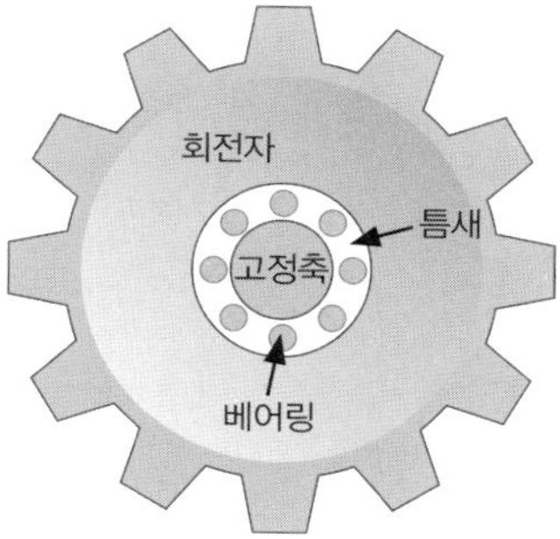

베어링은 회전자와 고정축 사이의 틈새에서 발생하는
마찰과 마모를 줄이기 위해 사용하는 것이다.

략 다음과 같다. 액추에이터라고 하면 대부분의 사람들은 회전하는 모터를 연상한다. 모터에서 회전자는 가운데 축을 중심으로 회전한다. 만약 모터 크기가 작아지면 어떻게 될까? 모터의 크기가 작아지면 회전자가 중심축에 닿는 부분에서 마찰과 마모가 생기고, 크기가 작은 물체에서는 표면장력의 효과가 커져서 약간의 습기만 있어도 회전자가 중심축에 붙어버린다. 또 속도가 워낙 빠르니까 회전자와 중심축이 금방 닳아버린다. 몇 초만 돌아도 부속이 다 닳아 없어져버리는 것이다.

마찰력을 줄이기 위해 보통 큰 기계에서는 회전자와 중심축 사이에 베어링을 사용하는데, 나는 크기가 작은 MEMS에서는 베어링 사용이 유효하지 않다고 보았다. 베어링 역시 회전자와 중심축에 닿게 되니 마찰과 마모 문제가 여전히 발생하기 때문이었다. 대안으로 고안한 게 줄을 매단 공중그네 같은 형태였다. 줄을 매달아서 그네를 밀듯이 밀면 접촉이나 마찰이 없으니 닳을 게 없다. 해먹 같은 형태를 상상한 셈이다. 양옆을 고정한 해먹은 공기 저항만 받을 뿐 닿는 게 없다.

당시 다른 연구자들은 모터 아래에 레일을 깔고 그 위에 롤러를 얹어 미는 방식을 생각했는데, 이는 기존 기계의 크기만 줄이는 방식이었다. 내가 보기에는 그렇게 하면 이 역시 마찰력을 견디지 못하고 부속들이 레일에 달라붙어 움직이지 못하거나 레일이 망가질 위험이 컸다. 그러나 그네처럼 줄을 사용하면 레일 없이 허공 중에 떠서 빠른 움직임을 유도할 수 있다.

과거 손목시계를 처음 개발하던 시기에 벽시계의 크기를 줄이려던 시도들이 있었는데, 그 당시에 시계 개발자들은 베어링을 보석으로 만들어 마찰력을 줄이거나 가는 줄 같은 스프링을 사용하여 움직이는 부분을 매달아두는 방식으로 문제를 해결했다. 이 시도들에서 아이디어를 얻은 나는 줄을 매단 공중그네 형태뿐 아니라 줄을 그네가 움직이는 방향에 따라 서로 다르게 지지할 수 있도록 '게 다리 모양의 스프링Crab-Leg Suspension'을 만들었으며, 이를 사용해서 베어링 없는 무마찰 액추에이터를 만들었다. 그리고 이 연구로 버클리 대학교에서 공학 박사학위를 취득했다.

박사학위를 받은 다음 박사후 과정(Post-Doc)을 거쳐, 1991년에 한국으로 돌아왔다. 한국으로 돌아온 이유 중 하나는 당시 국내 반도체 기술의 잠재력을 높게 봤기 때문이다. 반도체 기술이 조만간 우리나라를 성장시키고, 라이벌 국가인 일본을 누를 만한 가능성이 있다고 생각했다. 그때 내 연구에 필요한 반도체 장비는 당시 서울대학교와 카이스트, 기업 중에는 삼성과 LG가 보유하고 있었다. 이들 중 한 곳을 직장으로 잡아야 할 상황이었다. 삼성과 LG의 연락을 받기도 했지만, 카이스트 전기전자공학과 김충기 교수와 석사 과정 지도교수였던 기계공학과 곽병만 교수의 적극적인 제안으로 카이스트에서 시작해보기로 결심했다.

귀국 후 지금까지 내가 걸어온 길을 크게 나눠보면, 초기 10년(1990~2000년), 중기 10년(2000~2010년), 그 이후(2010~)로 나눌 수 있다. 초창기에는 현대, 삼성, LG 등의 산업체와 협력해 MEMS 연구를 진행하면서 자동차 충돌을 감지하는 에어백 가속도 센서, 캠코더나 카메라의 손떨림을 감지하는 자이로 센서, 잉크젯 프린터의 잉크 분사 노즐과 헤드, 광통신 신호를 차단하고 연결하는 광스위치와 광분배기 등 IT쪽 부품을 개발했다.

초창기 10년간의 MEMS 연구를 통해 개발한 제품들은 대부

중요한 건 문제 해결이지,
무슨 도구를 사용하는지,
해결에 사용한 방식의 난이도는
어떠한지는 전혀 중요하지 않다.
칼로 무를 썰어야 하는
과제가 있다면
무를 잘 썰면 되는 것이지
무슨 칼을 썼는지,
무를 써는 데 사용된 방식이
얼마나 많이 쓰이는 것인지 등은
부차적인 문제이다.

분 크기가 굉장한 작은 것들이었고, 크기가 작은 데서 오는 과학기술적 한계와 어려움이 상당했다. 아주 작은 부품의 경우에는 안정적인 성능을 유지하는 데 제작 오차, 재료의 물성 변화, 주변 환경의 잡음, 이 세 가지의 영향이 지대하다.

제작하는 부품의 크기가 작으면 작을수록 제작 오차의 영향을 훨씬 크게 받는다. 또 얇은 재료는 성분과 표면이 약간만 달라져도 물성이 바뀐다. 그리고 워낙 작은 부품이다 보니 온도 변화나 주변 잡음에도 민감했다. 쉽지 않은 문제였다. 이로 인해, MEMS는 이상적인 연구실 환경에서는 작동하지만 실제 현장에서는 작동되지 않는 문제들이 발생했다. 귀국 후 첫 10년간의 연구에서 당면한 과학기술적 한계는 MEMS의 신뢰성에 한계를 보여주는 이 세 가지 문제였고, 이후 이 문제들을 해결하기 위한 중기 10년의 씨름이 시작되었다.

그 와중에 나는 미국과는 전혀 다른 한국의 현실에 여러 차례 좌절을 경험할 수밖에 없었다. 무엇보다 이해할 수 없는 행정 시스템이나 제도가 많았다. 미국에서 연구할 때는 당연하다고 생각했던 것들이 한국에서는 전혀 통용되지 않았다.

미국은 문제 해결을 목적으로 연구 과제를 공모하는 반면 우리나라는 분야를 중심으로 연구 과제를 공모한다. 특정 문제를 해결할 수 있다면 분야를 가리지 말고 지원하라는 미국에 비해 우리나라는 '특정 분야의 전문가만 지원하라'는 식으로 학문이나 기술 분야 위주로 공모를 한다. 이러면 당연히 문제 해결의 가능성이 떨어진다. 중요한 건 문제 해결이지, 무슨 도구를 사용하는지, 해결에 사용한 방식의 난이도는 어떠한지는 전혀 중요하지 않다. 칼로 무를 썰어야 하는 과제가 있다면 무를 잘 썰면 되는 것이지 무슨 칼을 썼는지, 무를 써는 데 사용된 방식이 얼마나 많이 쓰이는 것인지 등은 부차적인 문제이다.

우리나라는 부처별로 연구 개발 예산이 운영되다 보니, 부처 간의 경쟁이 심하고 각 부처는 예산을 확보하기 위해 자기 분야의 벽을 높여 차별화하려 한다. 그러다 보니 문제 해결 중심의 예산 책정이 이루어지지 않고, 학문 분야나 기술 분야 위주의 고립된 과학기술 체계가 형성되었던 것이다.

게다가 연구 장비 하나를 사용하려고 해도 녹록지 않았다. 당시에는 국가적 차원의 연구 장비가 체계적으로 구축되어 있지 않았다. 공동 연구 장비의 가장 큰 문제는 장비만 있고 장비의 활용에 대한 구체적인 지침과 사례가 없다는 점이었다. 요리로 따지면 좋은 냄비와 오븐과 칼이 있는데 그 기구로 어떤 재료를 어떻게 요리할 수 있는지 불명확한 경우라 할 수 있다. 장비를 사놓았을 뿐 그 장비로 할 수 있는 것이 무엇인지에 대한 철학이 없었다. 보유 장비 리스트만 제시하고는 장비를 마련해

놓았으니 한번 와서 써보라는 식이었다.

무슨 장비든 구체적으로 어떤 상황에서 어떻게 쓰이는지를 알고 있어야 제대로 활용할 수 있다. 미국의 경우는 장비 종류가 아니라 장비로 할 수 있는 결과를 중시한다. 금을 가공하는 장비의 경우, 어느 정도 두께와 폭으로 가공이 가능한지 등을 사용자들에게 알려준다. 금 가공 장비가 들어왔다고 홍보하는 게 아니다.

이런 문제는 언뜻 보면 사소해 보이지만 우리나라가 극복해야 할 큰 숙제 중 하나다. 멀리 볼 것도 없이 이웃나라 일본만 해도 어떤 주제로 연구를 시작하면 장기적인 관점에서 꾸준히 연구를 이어나간다.

우리나라의 R&D 투자 세계에서는 나무를 심는 사람은 없고 덜 자란 나무를 베어 설익은 성과를 수확하려는 사람만 보인다. 나무를 심는 소수의 사람들도 다른 사람에게 내어주려는 게 아니라 자기가 베기 위해 얼른 자라는 조생종만 심는다. 과학기술의 연속적 발전과 지속적 인재 농사는 언감생심이다.

우리나라에서 이공계에 진출하고자 하는 인재들은 이러한 이공계의 현실을 냉정히 돌아보며 적응할 부분은 적응하되, 기회와 여건이 되는 대로 개선 의지를 가지고 조금씩 바꿔나가려는 노력을 기울일 필요가 있다. 이공계는 실험실에서의 아이디어와 현장에의 적용, 연구비 지원 시스템, 정부 정책까지 복합적으로 얽혀 있는 상태이지만, 연구의 목적이 정당하다면 힘들더라도 꾸준히 자신의 신념을 밀고 나갈 필요가 있다.

답은
전혀 다른 곳에 있다

초기 10년간(1990~2000년)의 연구를 통해 얻은 교훈은 아주 작은 부품은 크기가 조금만 달라도, 재료의 성질이 조금만 달라도, 주변 온도나 환경이 조금만 변해도 성능에 큰 변화가 나타나서 성능의 안정성과 신뢰성 문제가 심각하다는 것이었다. 이러한 문제를 극복하기 위해 공학적인 지식을 총동원해서 씨름하던 도중, 주변의 아주 작은 생명체를 생각하며 문득 이런 생각을 떠올렸다. '공학에서 답을 얻지 못한다면 생명체에서 답을 얻으면 어떨까?'

그 이후 중기 10년(2000~2010년)은 생명체의 구조와 원리를 응용해서 당면한 공학적 문제를 해결하는 연구에 집중했다.

내가 주목한 부분은 아주 작은 생명체가 지닌 특성이었다.

나는 아주 작은 것을 다루는 과학자다. 그리고 '부품을 작게 하면 현상이 달라지는 문제'로 어려움을 겪고 있었다. 그 답을 생명체에서 찾을 수 있지 않을까 생각한 것이다. 생명체는 세포와 단백질로 이루어져 있는 마이크로미터(백만 분의 1미터) 혹은 나노미터(10억 분의 1미터) 크기의 구성체이다. 기계로 치면 아주 작은 부품이다. 그런데 신기하게도 생명체의 경우에는 크기가 다양하고 외부 환경이 변화해도 같은 종이면 대체로 균일하게 작동하는 극도의 정교함을 가지고 있다.

남자와 여자는 근육의 굵기와 개수가 다르다. 어떤 사람의 근육에는 단백질이 많고 어떤 사람의 근육에는 지방이 많다. 그런데 서로 다른 근육을 가진 사람도 100미터 달리기를 하면 차이가 많이 나봐야 10초 내외로 크지 않다. 근육 굵기가 몇 마이크로미터씩 다르고 성분도 다른데도 불구하고, 대체로 비슷한 성능을 갖는 이유는 무엇일까?

사람뿐 아니라 생명체는 대체로 그러하다. 들판에 핀 꽃은 크기와 성분이 좀 달라도 대체로 그 기능이 비슷비슷하다. 이는 같은 크기의 기계가 아주 작은 크기와 재료의 차이로 인해 성능이 전혀 달라져 균일하지 않은 것과는 사뭇 다르다.

중기 10년간의 생체모방 연구를 통해 찾아낸 답은 간단했다. 생명체에서 일어나는 아주 작은 반응은 0 아니면 1만 존재하는 디지털 세계와 같다. 미시적으로 보면, 생명체 반응은 일어나든지 아니면 안 일어나든지 둘 중 하나로 귀결된다. 그 일어나거나 일어나지 않은 것들이 모여 총효과Net Effect를 가지고 온다.

더 결정적인 특징은 생명체의 구조는 대부분 쌍으로 존재한다는 것이다. DNA 역시 두 가닥이다. 왜 이중 나선일까? 모든 생명체를 움직이는 원리 중 하나는, 성분이나 크기가 다르면 스스로 자기 조정이 가능하다는 것이다. 생명체는 크기와 성분에 따라 기능을 만드는 게 아니라, 크기나 성분의 비比와 차差가 관련되게끔 디자인되어 있다.

생명체가 항상성과 신뢰성을 유지하는 비결은 여기에 있다. 자연은 '비율의 원리'로 작동한다. 둘 중 하나가 틀어지면 다른 한쪽이 보상compensation한다. 과학기술로 제품을 만드는 구조와 원리는 이것을 따라가지 못한다. 하나만 만들기 때문에 조금만 달라져도 큰 영향을 받는 것이다.

여기에 착안해 나는 듀얼 방식의 제작을 시도했다. 예를 들어 두 개의 저항으로 만든 전압분배기를 생각해보자. 두 개의 저항이 똑같이 증가하거나 감소하면 출력 전압에는 변화가 없다. 결국 출력 전압은 저항의 비와 관계가 있을 뿐 저항의 크기와는 관계가 없다. 모든 기능을 '저항 값'이 아니라 '저항 값의 비'로 나타내면 분모가 커질 때 분자도 똑같이 커지고, 결과적

내가 시도한 건
생명체를 닮은 기계 제작이
아니었다.
나노 크기의 생명체에 담긴
구조와 원리를 재해석해서
나노 영역에서 제기된
과학기술의 난제를
해결하고자 한 것이다.

으로 저항 값이 같이 바뀌면 영향이 상쇄된다.

전자회로에서는 온도를 보상할 때 쓰는 푸시풀 방식이란 게 있다. 온도가 변하면 저항이 변한다. 그런데 예를 들어 자동차에 사용되는 전자회로는 온도가 -20℃이든 80℃이든 동작해야 한다. 이때 이런 저항회로를 만들면 온도와 상관없이 작동하는 게 가능하다.

이러한 생명체의 구조와 원리를 이용해서 새로운 개념의 나노 부품을 만들었는데, 그 결과 부품의 크기가 수마이크로미터 차이가 날 때에도 성능은 12나노미터밖에 차이가 나지 않도록 할 수 있었다. 이 같은 생체모사 기법을 이용해서 실리콘 근육 칩을 만들었다. 즉 근육의 원리를 이용한 실리콘 액추에이터인데, CD나 DVD 플레이어에서 광선을 조정하는 지극히 정교한 운동을 만들어내며, 여러 가지 정보가 혼합된 빛을 파장별로 분리하는 광분배기에서도 빛 파장 간 간격을 정교하게 조절할 수 있게 한다.

생명체 구조에서 공학적 아이디어를 얻고 나노 영역에서의 과학기술적 한계를 극복하려는 연구사업은 국내 최초의 나노 연구단인 '생체모사 디지털나노구동연구단'의 핵심 연구사업이 되었다. 생체모사라는 방법을 도입한 최초의 기술개발 사업이었다. 이러한 생체모사 공학은 2002년 카이스트의 바이오및뇌공학과를 만드는 데 직접적인 계기가 되기도 했다.

내가 시도한 건 생명체를 닮은 기계 제작이 아니었다. 나노 크기의 생명체에 담긴 구조와 원리를 재해석해서 나노 영역에서 제기된 과학기술의 난제를 해결하고자 한 것이다. 사람들은 내 행보를 두고 나노 기술과 바이오 기술의 융합적 시도로 평가하지만, 정작 나는 융합이 목적이었던 게 아니라 문제를 해결하려고 서로 다른 두 영역을 함께 연구했을 뿐이다.

어떤 문제에 부딪쳤다면 주변 자연에서 답을 찾아보라. 다만 관찰과 고민이 깊지 않다면 주위를 둘러봐도 얼른 답이 보이지는 않을 것이다.

내 경험에 비춰보면, 오랫동안 고민한 문제일수록 의외의 지점에서 해답을 발견할 수 있다. 주변의 익숙함에 속지 말고 면밀히 관찰하고, 당연하다면서 습관적으로 지나치지 않고 호기심을 키우는 것이 중요하다. 자기 분야에 너무 매몰되지 않고 지속적으로 주위를 환기하며 문제를 해결하는 데 필요한 다방면의 지식과 관계를 쌓아나가려고 노력한다면, 그것들이 쌓여 그토록 원했던 답을 어느 날 선물처럼 불현듯 가져다줄 것이다.

스티브 잡스가 뛰어난 이유

귀국해서 20여 년을 투자하며 MEMS와 바이오 간의 결합을 시도해 생체모사 나노 부품으로 극미세 기술의 '신뢰성 문제'를 해결하고 기술 한계를 돌파하였지만, 고민은 거기서 끝나지 않았다. 그 이후에는 '부가가치 창출'이 내 연구의 새로운 이슈로 떠올랐다.

바야흐로 부가가치 경쟁의 시대다. 스티브 잡스가 뛰어난 이공계인으로 칭송받는 이유는, 그가 몇 세대 앞선 기술력을 보유한 사람이어서가 아니다. 애플이 삼성보다 기술이 앞서서 아이폰을 만들었을까? 창의적 발상과 제조 능력은 별개다. 스티브 잡스가 이끄는 애플은 삼성보다 사람들의 진정한 욕구가 무엇인지를 알아내는 능력에서 한 걸음 앞섰다. 그는 인간과 기계

스티브 잡스가
뛰어난 이공계인으로
칭송받는 이유는,
그가 몇 세대 앞선 기술력을
보유한 사람이어서가 아니다.
창의적 발상과 제조 능력은 별개다.
스티브 잡스가 이끄는 애플은
삼성보다 사람들의 진정한 욕구가
무엇인지를 알아내는
능력에서 한 걸음 앞섰다.

간 인터페이스의 중요성을 인식했고, 기술 위주 제품에서 인간 위주 제품으로 기술 개발의 패러다임을 바꿨다.

스티브 잡스는 이공계를 전공했지만 학교를 제대로 다니지 않았다. 그는 자신의 목적을 이루기 위해 학교는 물론 직장에도 연연하지 않았다. 오로지 자기의 목적을 위해서 뛰면서 자신의 방향을 끝까지 밀어붙여 기존 기술을 뛰어넘는 무언가를 창조해내는 데 성공했다.

그런 식의 선점이 일어나면, 후발주자들은 이미 만들어진 것을 놓고 얼마나 싸게 만들지 경쟁할 뿐이다. 우리나라도 한때 그런 방식으로 성장해왔으나, 이제는 그 분야에서 중국을 당해낼 수 없는 처지가 됐다.

상황이 이렇다 보니 신뢰성 있는 극미세 부품을 잘 만드는 기술만으로는 더 이상 세계 시장에서 살아남기 힘들어졌다. 휴대폰이 스마트폰으로 진화하자 기술이 완전히 바뀌었다. 기술의 혁신이 일어나면 부품 시장은 요동칠 수밖에 없다. 과거 전축은 LP판에 바늘을 올려 음을 조절했기 때문에 바늘의 역할이 매우 중요했다. 바늘 하나를 갈면 스피커 하나를 바꾼 효과가 있어 바늘만 전문적으로 연구하던 일류 기업들이 득세했다. 그런데 어느 날 LP가 CD로 바뀌자 바늘을 연구하던 세계 초일류 기업은 아무 소용이 없어졌다. 이는 단순히 기존 부품의 개선에만 매달려서는 안 된다는 교훈을 알려준다.

'신뢰성 있는 부품의 부가가치 창출'이라는 새로운 과제가 눈앞에 툭 던져졌다. 나는 또 다시 깊은 고민에 빠졌다. 내가 MEMS 연구 과정에서 바이오 영역으로 이동한 것은 생명체의 특성을 이용해 공학계의 난제를 풀고 싶기도 했지만, 앞으로의 시대에서 결국 가장 큰 수요는 인간의 건강과 행복에 관한 영역에서 나온다고 생각했기 때문이다.

인간의 건강과 행복을 가로막는 치명적인 장애물 중 하나가 질병이다. 사실 질병을 정복하고자 할 때 가장 좋은 방법은 신약 개발이다. 하지만 신약 개발은 약학 전문가의 몫으로 내가 잘할 수 있는 영역이 아니었다. 더욱이 우리나라는 기초의학이 약해 외국과 신약 개발 경쟁에서는 열세를 면치 못했다. 그래서 무엇을 해야 할까 고민하면서 의사들에게 물어보니, 미래사회에서 해결해야 할 굵직한 질병으로 암, 알츠하이머, 심혈관 질환을 꼽아주었다.

알츠하이머는 뇌에 관한 기초 연구가 한참 더 진행되어야 하니 공학도가 실제로 기초 연구를 응용하기에는 갈 길이 멀었다. 심혈관계 질환은 이미 상품화가 많이 되어 있었다. 그런데 '암'은 달리 보였다. 공학도로서 할 수 있는 것들이 눈에 들어왔다.

암 연구에 관심을 가진 이유는 간단하다. 암은 고령화 시대에 수많은 인간이 겪고 있는 가장 큰 질병이고, 그만큼 치료에 대한 수요가 많다. 암은 난치병인데다 암 세포의 성장률이 빠르고 치사율도 높다.

공학도의 눈으로 보니, 현재의 암 치료 과정은 몇 가지 큰 문제점이 있었다. 항암제를 통한 치료일 경우, 의사들은 암 환자에게 여러 종류의 항암제를 섞어 투여한다. 해당 항암제의 효과를 지켜보고 치료 방향에 대한 판단을 해야 하는데, 문제는 항암제 효과를 알기 위한 검사가 CT나 MRI를 통해서 이루어진다는 점이다. 그런데 이 의료 영상은 고가이고, 특히 CT 등은 방사선에 대한 안정성 때문에 1년에 3~4회 이상 찍으면 안 된다. 많이 찍으면 암이 오히려 발생하고 더 악화될 수도 있다.

의사들은 처방한 항암제의 효과를 3~4개월이 지나서야 알 수 있으니, 항암제 종류가 아무리 많다고 해도 항암제를 1년에 3~4번밖에 교체해보지 못하는 셈이다. 그러는 사이에 암이 전이되어서 환자가 사망하는 경우도 많다. 폐암만 해도 항암제가 60여 가지가 된다. 환자에게 잘 듣는 약만 빨리 찾으면 환자를 살릴 수 있는데, 어느 항암제가 그 환자에게 가장 효과적일지 확신할 수 없으니, 치료 현장에서는 적절한 약을 고르는 게 늘 문제다. 기존 방식 중 단백질을 분석하는 종양표지인자 검사가 있긴 하지만 정확도가 40~50% 수준이라 이 검사는 의료 현장에서 엄밀한 의미의 암 진단 수단으로 활용하기에는 부족하다.

여러 가지 상황을 검토한 결과, 암 진단 수단으로 마땅한 것이 없고, 이와 관련해 이제까지 내가 연구해온 기술들을 집중해서 적용하면 충분히 활용 가능하겠다는 판단이 섰다. 기존에 만들어진 약 가운데 어느 것이 특정 환자에게 가장 잘 듣는지 파악하는 방법을 내가 만들어낼 수 있다고 생각한 것이다.

나는 본격적으로 암 치료 분야에 뛰어들기로 마음먹고 세포벤치연구센터를 열어 팀을 조직했다. 수술 환자의 암조직을 떼어내서 그 암세포를 여러 곳에 배양한 다음 서로 다른 항암제를 각각 투여해서 어느 것이 잘 듣는지 보면 되지 않을까 생각했다. 사람의 몸이 아니라 몸에서 채취한 세포에 항암제를 투여하는 방식이었다. 그렇게 하려면 암세포를 배양하고 크기를 측정하고 DNA와 단백질을 분석하는 칩이 필요한데 지금까지 개발한 일련의 바이오칩을 암 연구에 모두 적용할 수 있었다.

그러던 도중, 2007년 〈네이처〉에 혈액을 통해 암세포를 찾았다는 기사를 보고 눈이 번쩍 뜨였다. 혈액에서 암세포를 얻으면 되겠구나! 혈액에서 세포를 잡는 방법에 도전해봐야겠다는 생각에 가슴이 뛰었다. 수술할 때 암세포를 단 한 번만 얻을 수 있는 기존의 방법과 달리, 혈액은 매일 뽑을 수도 있고 CT나 MRI처럼 몇 달에 한 번씩 확인 가능한 방식도 아니며 조직 검사보다도 간단하다. 혈액 검사로 암의 종류와 치료 경과를 정확히 알아낸다면 암 치료의 획기적인 전기를 마련할 수 있겠다 싶었다.

만반의 준비를 갖추고 암조직 대신 혈액 안에 있는 암세포를 골라내어 서로 다른 약물에 각각 어떻게 반응하는지, 어느 약이 잘 맞는지 등을 살펴 개인별 맞춤형 최적 항암제를 찾아보려는 연구를 하기 시작했다.

하지만 막상 연구를 진행해보니 쉽지 않았다. 가장 큰 문제는 혈액에서 암세포를 골라내는 과정에서 세포가 죽어버린다는 점이었다. 〈네이처〉에 발표된 기술은 혈액 속 상피세포와 반응하는 생화학 물질을 이용하여 골라내는 방식인데, 그 생화학 반응에 의해 암세포가 죽었다. 혈액에서 암세포를 찾아내는 이 기술은 '존슨앤존슨'이라는 회사가 인수하여 현재 혈액 내 암세포 진단 방법으로 유일하게 FDA 승인을 받은 기술이다.

그러나 내 연구의 방향은 항암제에 대한 반응을 살피는 것이므로 살아 있는 암세포가 필요했다. 암세포가 죽어버리면 세포의 개수는 셀 수 있지만 그 암세포의 특성을 분석하거나 배양을 할 수가 없으니, 어떤 항암제를 써야 하는지 결코 알 수가 없다. 존슨앤존슨 기술은 죽은 암세포를 찾아내기 때문에, 환자의 치료제 선택을 도우려는 내 연구에는 사용할 수가 없었다.

그래서 우리는 암 환자 혈액에서 살아 있는 상태로 암세포를 골라낼 수 있는 새로운 기술 개발에 착수하였고, 외국 기술과는 완전히 다른 독자적인 기술 개발에 성공했다. 이후 진행된 정부 주도의 혈중암세포 연구사업 경쟁에서 우리 팀은 4개의 경쟁 팀과 치열하게 경쟁을 했으며, 독자적인 새로운 방식을 제시한 우리 팀이 마침내 이 연구사업을 따냈다. 어떤 팀은 약학자, 의학자가 손을 잡았고, 우리는 생물학자, 공학자, 의사가 뭉쳤다. 독자 기술을 보유하고 있어 성공 가능성 부분에서 우리가 더 높은 평가를 받았다.

우리의 혈중암세포 연구에는 국내 종합병원 8곳, 출연연구소 3곳, 대학 7곳의 100여 명의 박사가 참여하였다. 각 병원별로 담당 암의 종류를 나누고, 출연연구소의 전공 분야, 대학별 학과 구성에 따라 팀을 결성했다. 연구소로는 기계연구소, 생명연구소, 국립암센터가 참여했고, 카이스트를 포함한 7개 대학의 학과로는 바이오및뇌공학과, 생명공학과, 의과학과, 재료과, 기계과, 전자과가 함께했다.

인력 구성을 보면, 생물학 전공 연구자가 $\frac{1}{3}$, 의사가 $\frac{1}{3}$, 기계·전자·재료 전공 공학자가 나머지 $\frac{1}{3}$이다. 공학팀이 신기술 개발과 사업화를 주도하고, 의료팀은 신기술의 구체적 임상 적용 방안을 마련하며, 바이오팀은 신기술의 임상 적용을 위한 생물학적 의미와 근거를 제시하기로 했다.

암은 발생 조직마다 특징이 있다. DNA는 같아도 암의 종류마다 형질이 다르다. 특히 전이 암 환자의 경우, 혈액에서 찾아낸 암세포가 과연 어느 암에서 왔는지 알아내는 것이 매우 중요하다. 암세포 중 몇 개가 폐에서 왔고 몇 개가 대장에서 왔는지 파악해야 어떤 약을 투여하면 각 부위별로 어떤 효과가 있는지 이야기할 수 있다. 암세포가 어디서 왔는지 모른 채 암세포가 발견되었다고만 하면 검사의 유용성이 떨어진다. 혈액 속에서 99%의 확률로 암세포를 잡아낸다고 해도 그 이후 결론을 낼 수 없는 것이다.

또한 암은 전이될 때 인간의 생명을 심각하게 위협하므로 이 부분에 대한 해결책이 절실한 질병이다. 전이는 혈관을 통해 암세포가 인체의 다른 부위에 가서 붙을 때 일어난다. 혈액 속 암세포의 정체를 밝혀내면 그중 어떤 암세포가 전이에 관여하는지 알 수 있다. 그렇게 되면 전이 관련 세포에 대한 전문적인 치료제 역시 개발할 수 있다. 제약회사들이 우리 연구에 큰 기대를 거는 부분이기도 하다.

우리 연구는 혈액 중 암세포의 수와 특성 변화를 통해 수술 전후, 항암제 투약 전후, 재발 전이 가능성을 판단할 수 있는지를 살펴보고 있다. 암 환자의 혈액에서 암세포를 분리하고 숫자를 세는 기술은 3년 만에 검증을 완료했으며, 현재 치료 전후의 암세포를 비교하는 기초 임상시험을 수행하고 있다. 암세포의 특성을 정밀 분석해서 항암제의 효용성을 살펴보는 연구도 추후 진행할 계획이다. 암 정복에 가장 큰 걸림돌인 전이와 재발을 예측할 수 있다면, 이것 또한 의미 있는 연구 성과가 될 것이다. 현재 1년에 환자 샘플 1000개 정도를 처리할 수 있는 기초 임상 체계를 갖추고 있다.

이 연구는 결과적으로 두 가지 질문에 대답하는 작업이다. 첫 번째, 혈액 안에서 암세포를 잡았다고 하는데 암세포가 맞는지 어떻게 확인할 수 있는가. 두 번째, 암세포가 맞으면 무슨 암이며 어디서 온 암세포인가. 이 질문에 대한 답을 구하기 위해, 폐암, 대장암, 간암, 유방암, 자궁경부암, 난소암, 신장암, 췌장암 등을 다루고 있는데, 한 가지 암만 연구해서는 혈액 내 암세포의 종류를 분별할 수 없으므로 여러 가지 암들을 종합적으로 연구하는 중이다.

우리가 개발하는 기술은 이전 기술보다 발전된 수준의 기술이다. 존슨앤존슨의 기술은 3종 암에 대해서만 유효했지만 우리는 연구 과제에 여러 암종을 더 추가했다. 특정 암의 경우에는 0기에 잡아낼 수도 있다. 암 1기면 암이 확증되는 것인데, 0기라면 확증도 할 수 없는 아주 미세한 암이다. 우리 기술을 이용하면, 의료 영상으로 발견하기 전에 암세포를 잡아낼 수 있는 것이다. 수술 전후 상황도 모니터링하는 중이다. 수술을 받고 암세포가 늘어난 사람도 있고 줄어든 사람도 있다. 이 환자들의 예후가 어떻게 되는지를 계속 체크하는 중이다. 똑같은 약을 투여했는데 어떤 사람에게는 암세포가 줄어들고, 어떤 사람에게는 늘어났다면, 그 차이점이 무엇인지 등을 알아내려는 것이다.

혈액 검사 절차는 이렇다. 실제 병원에서 암 진단을 받고 약물 치료를 받게 된 환자를 대상으로 채혈을 한 후 우리가 개발한 칩을 이용해 혈액을 검사한다. 약물 치료를 하고 나서 그 이후에도 계속 채혈을 한 후 혈액을 검사한다. 그리고 그 혈액 검사 결과와 환자의 CT와 MRI에서 나온 결과, 병원 검사 결과 등을 상호 종합적으로 비교 분석한다. 이때 환자가 항암제 치료도 받고, 수술도 받은 경우는 연구에서 제외된다. 왜냐하면 이 환자의 호전된 상태가 수술 효과인지 항암제 효과인지 알 수 없기 때문이다.

관건은 공학적 도구에서 나온 결과와 실제 환자의 임상 결과 간의 유의성을 입증하는 것이다. 이를 위해 지속적인 임상시험을 하고 있다. 통계학적으로 임상시험에서 95% 이상 일치해야 유의성이 있다. 즉 100명 중 95명에게 같은 양상이 나와야 공식적으로 그 치료법을 사용할 수 있다. 현재는 8종 암 가운데 암 종류별로 제일 유의성이 높은 3개의 암종에 대해 보다 집중적으로 연구하는 중이다.

연구 과정에서, 전이나 재발 위험성이 큰 사람들은 혈액 투석을 하듯이 암세포만 다 걸러내면 어떠냐는 아이디어가 나오기도 했다. 전혀 실현 가능성이 없는 이야기는 아니다. 결국 암세포는 혈관을 타고 돌아다니므로 혈액을 정화시켜 암세포만 잡아낼 수 있다면 충분히 생각해볼 수 있다.

다만 다시 몸으로 피를 넣어주는 것에 대한 인허가 조건이 매우 까다롭기 때문에 현실화되는 데 어려움이 많다. 부작용에 대한 임상시험도 진행하기가 만만치 않다.

현재로서는 전이와 관련된 세포를 잡아 치료제를 만드는 건 가능해 보이지만, 혈액 속의 암세포를 다 걸러내어 다시 몸속으로 혈액을 집어넣는 건 좀 더 먼 미래에 속하는 것으로 보인다.

함께 연구하는 의사들은 내게 의사보다 더 엄격하고 깐깐하다는 말을 한다. 맞는 말이다. 나는 환자의 입장에서 이 연구를 대한다. 환자나 환자 가족 입장이 되면 의사보다 더 민감하고 더 엄격하게 병이 다가온다. 의사에게는 한 사람의 암 환자이지만 가족에게는 내 핏줄이자 내 전부다. 나는 내 기술을 기다리는 모든 이가 가족이라는 생각으로 연구에 임할 수밖에 없다.

암은 환자와 환자 가족에게 말할 수 없는 고통을 준다. 투병 과정에서 겪는 정신적 스트레스와 불안은 이루 표현하기 어려울 정도다. 과학기술의 도움이 정말 절실하다고나 할까. 물론 봉사 정신만으로 하는 일이 아니다. 당연히 어마어마한 수익도 기대할 수 있다.

나는 암 연구를 시작할 때, 관심 있는 기업의 도움을 받아 전자기기를 다루는 사업과 의료 시장과의 차이점과 공통점을 파악해봄으로써 부가가치를 확신했다. 똑같은 칩을 만들어도 전자 쪽과 의료 쪽은 판매 방식이 달랐다. 소비자는 전자 제품의 경우 성능이 잘 나온다는 것만으로 만족한다. 의료 쪽은 제품의 성능과 질병과의 임상적 연계성이 밝혀져야만 구매로 이어진다. 입증해야 하는 장벽이 높은 반면 의료 시장에서는 신제품의 부가가치가 훨씬 높다.

지금은 정부 지원으로 이 연구를 하고 있는데 정부 입장에서 보면 이 투자는 결코 손해가 아니다. 치료비가 줄어들면 의료보험 손실이 줄어드니 국가도 이익이다. 나는 내 자신이 돈을 벌고자 하는 욕심은 없다. 돈을 벌지 않아도, 무료로 환자들에게 적용될 수 있다면 찬성이다. 오로지 내가 바라는 건 많은 사람이 원하는 새로운 기술 개발을 통해 사람을 살리는 가치를 창출하는 것이다.

기술의 머리는 하늘에,
발은 땅에

이공계인으로 살아간다고 해서 매일 관련 업무에만 매어 있을 리 없다. 학교를 떠나면 이과와 문과는 물론 전공의 구분이 사라진다. 사회인은 주어진 문제를 해결하는 게 주된 업무다. 그러다 보면 과학기술적인 일만이 아니라 조사, 계획 수립, 구매, 회의, 보고 등을 모두 할 줄 알아야 한다.

연구도 마찬가지다. 연구자는 연구실에 앉아서 두문불출 연구만 하지 않는다. 실험을 위해 부품을 사고 회의에 참석하고 연구비 정산을 하기 위해 번잡한 규정에 따라 영수증 붙이는 일도 해야 한다. 실험실에 앉아서 연구만 하고 나머지는 모두 안 하겠다면 그 어떤 연구도 할 수 없다. 문제를 해결하는 과정에서 겪는 일들이 어떻게 보면 다 연구의 일부분이다.

삶을 살아가며 자연을 관찰하고 주변을 정돈하고 친구들과 대화를 나누는 일, 심지어 오늘 저녁 메뉴를 잘 정하는 것까지 모든 게 연구의 일부분일 수 있다. 그런 것들을 원활히 할 줄 알아야 연구도 잘할 수 있다. 배려와 소통을 기반으로 한 인간의 기본적인 삶에 묶일 생각이 없는 사람은 협업 연구를 포기하고 개인 연구만 해야 한다.

더불어 연구라는 것은 실제로 만들어서 입증을 해보는 일이다. 실행보다 중요한 건 없다. 앉아서 아무리 머릿속으로 생각해봐야 실제로 알 수 있는 게 많지 않다. 미세한 현상이든 거대한 현상이든 확인되지 않았다면 상상만으로 입증하기란 무척 어렵다.

내가 다루는 MEMS 분야는 더욱 그러하다. 고전 물리학은 우리가 오랫동안 보고 느낄 수 있었던 것들이어서 이론적으로도 어느 정도 입증이 가능하다. 하지만 그보다 크기가 작아 보이지 않은 영역에서는 전혀 다른 세계관으로 접근해야 한다. 마이크로/나노 분야에서는 이론 논문을 잘 인정해주지 않는다. 실험을 통한 입증 없이는 진위를 확인할 수 없기 때문이다.

콩을 키우면 콩나물이 되는 건 누구나 안다. 관찰을 통해 그 사실을 직접 확인하는 것도 연구가 될 수는 있다. 그러나 더 좋은 연구는 실제 해보지 않고는 알 수 없는 무언가를 얻어내는 연구다. 어떤 경우에는 검은 콩이 파란 콩보다 더 잘 자란다든지, 검은 콩은 햇빛에 놓아두면 그렇지 않을 때보다 안 자란다든지 등등 현실의 미묘한 차이를 알아내는 것이 더 발전적인 연구다. 내가 제자들에게 종종 하는 말이 있다. "얼마나 많이 아는지보다 무엇을 모르는지를 아는 것이 더 중요하다. 그리고 그 모르는 것을 알고 싶다면 알고자 노력해야 한다. 무엇보다 실행이 중요하다."

연구란 수많은 조건들을 놓고 해석하는 작업처럼 보이지만, 좀 더 궁극적으로는 해석을 통해 설계를 바꾸는 데에 그 목적이 있다. 해석을 아무리 잘해도 그것으로 그치면 별다른 의미가 없다. 말로 끝나는 게 아니라 그 결과가 구체적으로 실행될 수 있어야 한다는 뜻이다.

내가 초기에 집중했던 자동차 충돌에 대한 연구도 충돌을 해석하여 자동차 설계의 보완점을 찾아내는 게 목적이었다. 처음에는 충돌 상황에서 차가 덜 망가지는 방법, 차가 튼튼해지는 방법을 고민했다. 그런데 나중에 보니 중요한 건 차가 부서지고 말고가 아니라 사람의 안전이었다. 충돌 상황에서 사람을 보호하려면 차가 적당히 찌그러져야 한다. 충돌 에너지를 차가 흡수해야 사람이 안전한데 차를 단단하게 만들어버리면 그 여파가 모두 사람에게 간다. 차만 멀쩡하고 사람이 다치는 불상사가 생기는 셈이다.

아마 연구실에만 있었다면 그 사실을 몰랐을 것이다. 자동차 실차 시험 현장을 보고 나서야 그곳에서는 차가 찌그러지고 말고는 상관하지 않으며, 차에 탄 사람의 상해도를 기준으로 놓고 자동차 안전성을 테스트한다는 사실을 알게 되었다. 법 규정 자체가 그랬다.

나는 잘 모르는 분야는 현장부터 익히려고 한다. 암 연구에 관한 아이디어도 책상에 앉아서는 구할 수 없었다. 병원에 가서 현장을 살펴보니 그제야 할 일들이 떠올랐다. 모든 현장을 일일이 다 갈 수 없으므로 관련된 그룹에 물어보는 방법도 병행했다. 나는 종종 기업이나 연구소에 있는 사람들을 만나 커피 한 잔을 마시거나 저녁을 먹으며 대화를 나누는데 그게 큰 도움이 되었다. 지금은 퇴직했지만 삼성에서 일했던 오용수 상무, LG의 부종욱 상무, 한국기계연구소의 전임 원장인 황경현 박사 등이 지난 20~30년 이상 함께 과학기술을 고민한 조력자들이다. 그분들과 이런 저런 현안을 상의하고 기업이나 연구소의 생각들을 전해 듣다 보면 할 일이 더 명확해졌다. 또 국외에서는 학술대회에서 위원회 활동을 하는 사람들과 정보를 교환했는데, 그 과정에서 미국과 유럽 선진국들의 상황을 대략 파악할 수 있었다.

나는 항상
"논문 주제는 도서관에서는
절대 못 찾는다"라고
잘라 말한다.
문제는 현장에 가야
알 수 있다.
책에는 문제가 없고,
문제를 해결했다는
이야기만 있다.
도서관에 가서 책을 아무리
뒤적거려봐야 남이 해결한
것들만 알 수 있다.
자기가 풀지 않을 문제를
왜 들여다보는가?

책을 읽는 일도 물론 필요하다. 도서관이나 인터넷을 통해 전 세계 논문 DB와 특허 DB를 모두 검색할 수 있고, 이를 통해 수많은 현장 사례들을 간접 경험할 수 있다. 다만 혼동하지는 말자. 도서관은 문제를 찾으러 가는 곳이 아니다. 도서관은, 문제를 찾고 그 문제에 대한 해결 방법이 결정되었을 때 내 아이디어와 유사한 것들이 있는지 찾아보고 확인하기 위해 가는 곳이다.

아직도 상당수 학생들이 논문 주제를 도서관에서 검색을 하면서 찾는다. 나는 항상 "논문 주제는 도서관에서는 절대 못 찾는다"라고 잘라 말한다. 문제는 현장에 가야 알 수 있다. 책에는 문제가 없고, 문제를 해결했다는 이야기만 있다. 도서관에 가서 책을 아무리 뒤적거려봐야 남이 해결한 것들만 알 수 있다. 자기가 풀지 않을 문제를 왜 들여다보는가? 그 시간에 내가 풀어야 될 문제를 집중적으로 탐구하는 게 더 현명하다. 논문 주제는 결코 '공부'에서 나오지 않는다.

현장을 통해 제대로 된 주제를 발굴했다면 다음은 '경쟁력'이다. 경쟁력을 고민한다는 건, 기존에 있는 것보다 내 연구가 무엇이 더 나은지 생각해야 한다는 말이다.

그렇다면 연구의 비교우위는 어떻게 증명될 수 있을까? 기존 기술과 대비해 비교 우위를 확보하고 상호보완성을 확립하겠다면, 기존 기술로 못하는 것을 새로운 기술을 통해 해결하겠다는 의지를 표명한 것이라 할 수 있다.

그런데 여기서 유념할 점은, 새로운 기술의 용법과 용도는 기존 기술의 용법과 용도로 설명해야 사람들이 이해를 한다는 점이다. 즉, 기존 기술로 새로운 기술을 설명해야 새로운 기술을 사용할 수 있다. 가령 새로운 품종의 나무를 개발했다고 할 때, 그 나무를 키우는 방식은 기존 나무 키우는 방식에 따라 설명해야 한다. 아무리 좋고 새로운 나무라고 해서 키우는 방법을 설명하지 못하면 아무 소용이 없다. 일반적인 묘목은 어디에 어떻게 심어야 하는지 알고 있으니 평소 알던 방법대로 가져다가 심으면 된다. 그런데 새로운 묘목이 만들어졌다면 물은 몇 번 줘야 하는지, 진흙에 심어야 하는지, 모래밭에 심어야 하는지 등을 구체적으로 알려줘야 사용이 가능하다. '새로운 묘목을 만들었다'만으로는 화제는 될지 몰라도, 실제 판매로는 이어지지는 않을 것이다.

혈액 중 암세포 검사를 통해 나온 암세포의 개수가 4개이든 5개이든 환자 입장에서는 그 의미를 알 수 없다. '암세포를 정확하게 파악할 수 있는 기술을 개발했다'라고만 하면 누가 이 기술을 사겠는가? 어떤 암 환자에게 사용할 수 있는지, 무엇을 알 수 있는지 등 그 '용도'가 제시되어야 하고, 혈액을 어디서

뽑는지, 어디에 보관해야 하는지, 어떻게 분석하는지 등 그 '용법'도 제시되어야 한다. 그래야 비로소 그 기술은 현장에서 사용될 수 있다.

병원에서 하는 일반적인 혈액 검사는 어디에 가서 어떻게 피를 뽑고 어디에 보관하는지, 결과는 몇 시간 안에 나오는지 등 그 용법이 이미 정해져 있다. 하지만 그것도 처음부터 정해져 있던 게 아니다. 혈액 검사가 처음 개발되었을 때, 그 용도와 용법을 고민하는 과정이 있었기에 현재의 혈액 검사 시스템이 갖춰진 것이다.

새로운 기술 개발이 경쟁력 있는 결과로 이어지려면 연구자들은 기술 개발을 발표하는 것에서 멈춰서는 안 된다. 아이러니하게도, 새로운 기술은 항상 기존 기술로 입증해야 한다. 그리고 새로운 기술의 용도와 용법까지 모두 만들어내야 한다. 새로운 기술 개발에 도전하는 것은 성공 가능성을 높이는 것이고, 기술의 용도와 용법을 마련하는 것은 실패 위험을 낮추는 일이다. 새로운 기술이 활용되지 못하는 것은 대부분 실패 위험성을 낮추지 못했기 때문이다.

전구를 발명한 사람은 에디슨이다. 그러나 전구를 사용하게 만든 사람은 에디슨이 아니라 테슬라였다. 에디슨이 전구를 발명할 무렵 그 시대에는 모두 가스등을 사용하고 있었고, 가스등을 전등으로 교체하기 위해서는 가스통 대신 소형 발전기도 개발해야 했다. 우여곡절 끝에 가스통을 대체할 발전기를 만들었는데 이번에는 발전기가 자꾸 고장이 났다. 이 문제를 해결하기 위해 발전 시설과 변전 시설이 만들어졌고, 에디슨의 직류DC와 테슬라의 교류AC 중 어떤 방식이 맞는지에 대한 논쟁이 벌어졌다. 결론은 교류의 승리였는데, 송전 때문이었다. 직류 방식은 전류를 보낼 때 중간에 손실이 적은 반면, 교류는 손실이 많으나 전압을 높이기가 쉬워 송전 전력을 늘릴 수 있으므로 더 유리했다. 전구를 발명한 건 에디슨이었지만 결과적으로 전구가 사용될 수 있었던 것은 에디슨이 고집한 직류가 아닌 테슬라가 고안한 교류 때문이었다. 에디슨은 전구를 발명하였지만, 그 전구가 사용될 수 있었던 것은 테슬라가 전구의 용법을 만들었기 때문이다.

기술 개발은 뜬구름 잡기가 아니다. 머리는 하늘에 두되, 반드시 발은 땅에 붙어 있어야 된다. 공중에 붕 뜬 것은 공상소설이나 사기와 다름없다. 발을 땅에 붙이지 않으면, 그러니까 기존 기술로 설명하지 못하면 그 새로운 기술은 입증될 수 없다. 이공계 연구는 공상과학 영화를 만드는 것과는 다르다. 이공계인으로 살아가기 위해서는 늘 기술 현장을 염두에 두고, 구체적인 실현까지 계획하고 이루어내야 한다는 사실을 잊지 말자.

예상치 못한 결과에서 만난 새로운 것들

연구는 생물이다. 연구를 하다 보면 그 결과가 예상대로 나오기도 하고 나오지 않기도 하다. 연구뿐만 아니라 새로운 길을 만들어가는 모든 일에 이런 경향이 있다고 생각한다.

연구 도중에 예상하지 못한 의외의 결과가 나오거나 새로운 무언가가 튀어나오는 것은 지극히 정상이다. 학생들은 연구 결과로 예상하지 못한 내용이 나오면 논문 주제를 잘못 잡았나 싶어 좌절하지만, 나는 오히려 제대로 잘 잡았다고 격려한다.

예상한 대로 나오는 연구는 누구나 할 수 있는 연구이거나 하지 않아도 되었을 연구이다. 나는 잘 짜인 시나리오처럼 예측대로 연구 결과가 나왔다고 해서 학위 논문을 통과시켜주지는 않는다. 나의 학위 논문 심사 기준은 '연구를 통해 새로 안 것이 무엇인가'이다. 이렇게 하면 안 된다는 것을 알았는지, 아니면 어떻게 하면 된다는 것을 알았는지, 그것이 중요하다. 안 된다는 것을 아는 것도 해보지 않으면 알 수 없다. 예상했던 대로만 결과가 나왔다면, 나는 안 해봐도 아는 것을 왜 했는지 질문한다.

내가 개발한 베어링을 예로 들어보겠다. 베어링은 움직이는 물체를 마찰력을 이용해 지지하는 역할을 한다. 움직이는 물체를 지지하는 베어링을 얇은 띠로 하는 경우가 있는데, 이때 문제는 얇은 띠가 만들 때는 평평한데, 만든 후에는 잔류응력으로 자꾸 한쪽으로 휜다는 점이다. 나는 이러한 휨 현상을 역으로 이용했다. 만들 때는 움직이는 물체와 평평한 얇은 띠가 서로 떨어져 있다가, 다 만들고 나서는 얇은 띠가 휘어져 움직이는 물체에 붙게 함으로써 자동으로 조립되는 베어링을 만든 것이다. 얇은 물체의 휨 문제점을 역이용하여 조립의 어려움을 해결한 경우이다.

내가 개발한 액추에이터도 비슷한 사례에 속한다. 자기장 내에서 도체에 전류를 흘리면 전류 방향과 자기장 방향의 수직인 방향으로 도체가 힘을 받는다. 그래서 자기장 내에서 도체에 전기를 흘리면 전자기력이 생겨 도체가 움직인다. 나는 도체를 아주 작게 만든 다음 도체에 전류를 가했는데, 예상보다 도체가

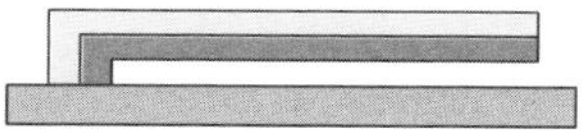

두 물질이 늘어나는 정도가 같은 경우

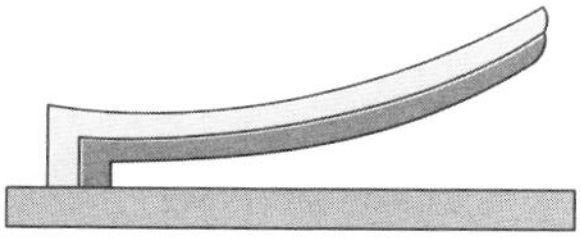

위 물질이 더 많이 늘어나는 경우

얇은 띠를 이루는 두 물질의 팽창 정도가 다르면,
잔류응력이 발생해 얇은 띠가 휘게 된다.

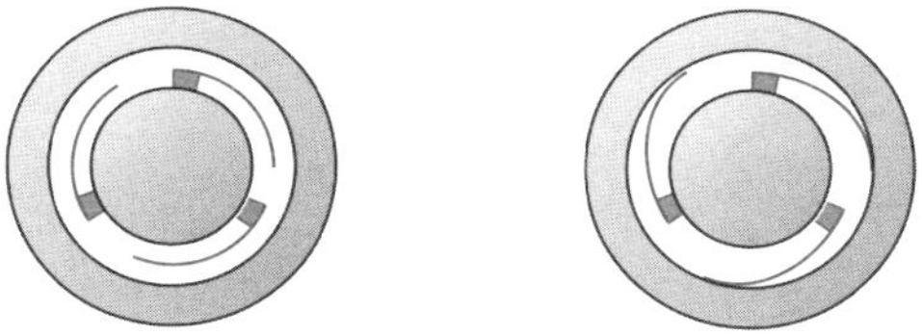

중심축에 고정된 얇은 띠가 회전부 쪽으로 변형

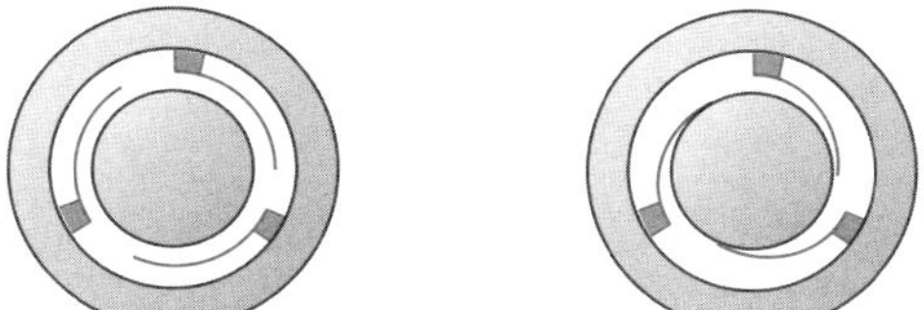

회전부에 고정된 얇은 띠가 중심축 쪽으로 변형

잔류응력을 역으로 이용한 자동조립형 마이크로 베어링은
회전부와 중심축 사이의 틈새를 메꾸며 회전을 안정적으로 유지한다.

나의 학위 논문 심사 기준은
'연구를 통해 새로 안 것이
무엇인가'이다.
이렇게 하면
안 된다는 것을 알았는지,
아니면, 어떻게 하면
된다는 것을 알았는지,
그것이 중요하다.
안 된다는 것을 아는 것도
해보지 않으면 알 수 없다.
예상했던 대로만
결과가 나왔다면
나는 안 해봐도 아는 것을
왜 했는지 질문한다.

더 크게 움직이는 게 문제였다.

전선의 저항은 단면적에 비례한다. 그래서 전선의 굵기가 가늘어지면 저항이 더 커진다. 보통 굵기의 전선은 단면적이 커서 저항이 적고 전기가 잘 통하지만, 아주 가는 전선은 비록 금으로 만들었다 해도 단면적이 작아져서 저항이 엄청나게 커진다.

나는 금으로 전선을 만들었는데 아주 가늘어서 저항이 아주 커졌고, 전선은 도체가 아니라 히터가 된 상황이었다. 전기를 흘리면 전선이 히터가 되어 열이 발생했고, 그 열에 의해 생기는 열팽창력이 전자기력보다 더 크게 발생했다. 처음에는 전자기력을 이용해서 움직이는 액추에이터를 만들려고 했는데, 전선이 히터가 되어버리는 바람에 자기장 없이도 움직이는 액추에이터가 되었다. 애초에는 전자기 액추에이터를 만들려고 했는데 실제로는 열 액추에이터를 만든 셈이다. 전혀 예상하지 못한 결과였다.

비슷한 사례는 또 있다. 인간은 감동을 받을 때 피부에 소름이 생기곤 하는데, 이 소름을 감지하는 센서를 개발했을 때의 일이다. 최근 모 회사가 이 센서를 스마트폰 터치 센서로 사용하겠다며 기술 이전을 제안했다. 이 기술을 응용하면 스마트폰을 살짝 누를 때와 세게 누를 때에 대한 반응을 다르게 할 수 있다. 피부 세포의 움직임을 측정하려고 개발한 센서가 결과적으로는 스마트폰 손끝 터치 센서로 그 용도가 결정된 것이다. 처음 연구를 할 당시만 해도 그러한 용도는 전혀 생각하지 못했다.

내가 연구하는 MEMS 분야야말로 예측불허의 세계다. 실제로 실험을 해보면, MEMS에서는 생각대로 안 되는 것이 더 많다. 사실, 큰 기계에 맞춰져 있던 기존의 상식이 아주 작은 기계에 맞을 리가 없다. 오히려 예상대로 진행되면 뭔가 잘못되고 있다는 생각이 들 정도다. 생각대로 되면 논문으로 낼 만한 콘텐츠가 나오지 않는다. 누구나 알고 있는 것인 까닭이다. MEMS 분야에서는 아주 작은 크기에서 예상대로 작동이 안 되는 이유가 무엇인지를 밝히는 것도 매우 중요한 연구이다.

나는 몇 차례 논문을 쓰면서 어떤 경우의 문제는 다른 경우의 해답이 될 수도 있음을 깨달았다. 문제를 문제로만 보지 말고, 다른 문제의 열쇠로 생각하는 발상의 전환이 필요하다.

연구를 시작할 때 계획한 내용은 누구나 있겠지만, 새로운 영역의 연구일수록 예상대로 되지 않을 확률이 더 높다. 무엇이든 예상대로 되지 않으면 목표는 그대로 두고, 여러 가지 방법을 모색하며 길을 찾아나가면 된다. 길을 가다 보면 산이 나오기도 하고 강이 나오기도 하고 의외의 다른 길이 나오기도 한다. 장애물과 문제에 막혀 이리저리 넘고 건너며 돌아가다가 원래 의도한 바와는 전혀 다른 길로 접어들 수도 있다. 때로는 그 길이 원래 의도한 길보다 더 나은 길일 수도 있다. 가보지 않았다면 결코 가지 못했을 길을 찾아내고 새로운 길을 따라 걸어가는 것, 그것이 이공계인이 살아가는 방식이다.

융합은 유행이 아니라 필수다

요즘은 어디를 가나 융합 이야기다. 사실 내 입장에서는 융합이 새삼스런 이슈가 된 것이 의아하다. 융합은 트렌드에 맞춰 취사 선택할 수 있는 개념이 아니라 문제를 해결하는 과정에서 필수적으로 고려해야 하는 요소이기 때문이다. 단순히 대세라서 융합해야 하는 것이 아니라 해답을 구하기 위해 어쩔 수 없이 융합으로 가야 하는 상황인 것이다.

모든 문제는 뒤엉켜 있다. 하나의 학문을 단순 대입하여 해결할 수 있는 문제가 세상에 몇이나 있을까? 특정 교과목의 시험 문제를 푸는 게 아닌 이상 다양한 사람과 다양한 학문이 모여야 비로소 문제가 제대로 해결된다. 따져보면 모든 문제는 융합적이고, 따라서 해결 방법 역시 융합의 방식을 추구할 수밖에 없다.

내 경우는 초기 10년 동안에는 MEMS와 IT를 결합한 응용 연구를 했고, 그 다음 중기 10년에는 바이오를 끌어들였다. 바이오를 연구한 것도 IT와 BT를 융합하기 위해서가 아니다. 문제를 풀기 위해선 생물학도 알아야 되고 의학도 알아야 했기에 시도한 일이다. 나는 생물학에 무지했고, 의료 영역에도 박식하지 못했다. 다만 문제를 풀어야 하니까 공부했던 것이다.

어떤 사람들은 융합 기술이라고 하면 어느 기술과 어느 기술을 융합한 것인지 묻는다. 그 질문은 이상한 질문이다. 어떤 기술이 몇 가지 기술과 융합하는지는 중요하지 않다. 무슨 문제를 풀 것이냐가 중요하다. 나는 융합 연구를 하기 위해서 융합을 시도하지 않았다. 융합은 문제를 해결하기 위한 과정의 결과였다.

요즘 사용하는 용어 중에 '기술융합 과제'라는 것이 있는데, 안타깝게도 융합을 보는 관점이 현실과 상당히 어긋나 있다. 나노NT, 바이오BT, 정보IT를 무조건 섞어서 접근하라는 정책 과제도 있다. 융합적이지 않은 과제를 융합적으로 푸는 건 인력 낭비이자 재정 낭비다. 하나의 기술로 풀 수 있는 과제는 하나의 기술로 푸는 것이 정답이다. 기술이 융합되려면 해결하려는 문제가 융합적이어야 한다. 단편적인 문제를 풀기 위해 융합을 하면 무늬만 융합일 뿐 실제 결과는 더 나쁠 수 있다.

어떤 사람들은
융합 기술이라고 하면
어느 기술과 어느 기술을
융합한 것인지 묻는다.
그 질문은 이상한 질문이다.
어떤 기술이 몇 가지 기술과
융합하는지는 중요하지 않다.
무슨 문제를 풀 것이냐가 중요하다.
나는 융합 연구를 하기 위해서
융합을 시도하지 않았다.
융합은 문제를 해결하기 위한
과정의 결과다.

이공계로 진입하면 수많은 융합 상황에 놓이게 된다. 그 과정을 현명하고 지혜롭게 대처할 때 자신이 꿈꾸는 프로젝트 성공에 한 발 더 다가설 수 있다. 융합에서의 성공 여부는 생각이 서로 다른 사람들과 같은 목적을 위해 얼마나 긴밀하게 협력하느냐에 달려 있다. 생각이 다른 것은 괜찮다. 오히려 생각은 다를수록 더 좋다. 그런데 목적이 다르면 안 된다.

내 경험을 돌아보면, 융합 연구 과정에서 사이가 틀어질 때는 협업할 사람들끼리 서로 추구하는 목적이 다른 경우였다. 공동의 목적이 아니라 특정인을 위한 목적에 자신이 동원된다는 인상을 받으면 당연히 협력하기 어려워진다. 함께 일하기 위해서는 상대를 신뢰해야 한다. 같이 일하는 사람이 마음에 안 든다고 싸우고 몰아내면 자기 성질대로 연구하는 것밖에 되지 않는다. 누차 이야기했듯이, 취미가 아닌 연구는 나 자신이 아니라 다른 사람을 위해서 하는 일이다. 자신의 연구가 많은 사람을 만족시키는 게 목적이라면, 연구 과정도 많은 사람을 만족시키는 방식이어야 한다.

그리고 융합과 협업은 각자가 서로에게 주고받을 게 있어야 이뤄진다. 윈-윈 관계가 되어야 하는 것이다. 국가 간의 협력이라면 더욱 그렇다. 모든 연구가 그러하듯이 국가 간 연구에서도 서로의 장단점을 면밀히 따져 진행해야 한다. 장점만 부각시키거나 단점에 매몰되면 결코 협력할 수 없다.

한 예로, 한국과 스위스는 예전부터 사이 좋은 과학기술 협력 관계를 유지해왔다. 서로 주고받을 게 많기 때문이다. 우리나라는 전자전기 등 공학 쪽이 강하다. 스위스는 바이오 소재 등 기초과학 쪽이 강하다. 물론 유럽 내 스위스만큼 기술을 잘 갖춘 나라는 몇 군데 더 있지만, 우리나라와 상호보완적 역량을 고려하면 스위스만큼 적합한 대상을 찾기 어렵다. 스위스는 인구와 경제 규모 면에서 그리 크지 않은 나라이고 우리나라와 마찬가지로 인재와 지식으로 살림을 꾸려야 하는 나라다. 스위스는 은행, 금융, 시계, 정밀, 관광 등이 주요 산업인 반면, 우리나라는 IT가 핵심 산업이다. 일본만 해도 규모나 강점 분야에서 우리나라와 서로 보완적이지 않고 부딪히므로, 프랑스, 독일 등과 더욱 활발히 교류한다.

과학자는 국적이 있다. 아무리 해외 인재들과 개인적인 친분이 있더라도 국가적 차원의 무언가를 맡아서 진행하려면 국가적 이익과 별개가 될 수 없다. 그런 이유로 이공계인이 속해 있는 국가의 역량과 관심사가 이공계인들이 서로 협업을 할 때도 긴밀하게 작용한다.

내가 스위스와 협업한 부분은 폴리머 소재의 바이오칩 개발이다. 한국-스위스 기술 협력은 나에게 큰 의미가 있다. 스위스 기술로 만든 폴리머 소재가 아니었다면 제대로 된 바이오칩을 개발하기 어려웠을 것이다. 칩 개발 기술은 우리나라가 뛰어나지만 폴리머 합성 기술은 스위스가 훨씬 앞선다. 인간 피부에 사용하는 칩과 암세포에 사용하는 칩에는 약간 다른 소재가 사용되는데 스위스는 이런 소재의 차이를 잘 조정하는 기술을 가지고 있었고, 스위스와의 협업을 통해 수월하게 개발할 수 있었다. 결과도 좋아서 공동으로 첫 특허도 냈다.

스위스와의 인연은 1990년대 후반 스위스 관계자가 한국-스위스 간 첫 과학기술 협정을 맺기 위해 한국에 왔을 때부터 시작되었다. 당시 정부에서 정책 제안을 해달라고 해서 위원 자격으로 나도 참여했다. 다른 위원들은 구체적인 연구 주제를 제안했는데, 나는 당장 구체적인 프로젝트를 진행하기는 어렵다고 판단돼 양 국가 간 산업적 특성을 고려한 협력사업 중장기 발전방안을 제안했다. 그때 참석한 스위스 장관은 내 제안을 매우 마음에 들어했고, 그렇게 한국-스위스 간 첫 과학기술협정이 이루어졌다.

그러나 협정은 맺었지만, 기술 교류가 활발하게 일어나지는 않았다. 정부 간 조율이 난관이었다. 한국 정부가 스위스의 체제를 잘 몰랐던 게 원인이 아니었을까 싶다. 우리나라는 '빨리빨리'를 기본으로 계획을 짰지만, 스위스는 조금 오래 걸려도

확실하고 완벽한 방식을 선호했다.

그런 문제들로 공동의제를 한참이나 만들어내지 못하던 차에, 다시 스위스 측과 내가 만날 기회가 생겼다. 스위스 대표로 온 사람이 마침 버클리 대학교에서 안면이 있던 사람이라서 내가 직접 협의에 나섰다. 양국 시스템의 차이가 있으니 차이를 인정하고 협의점을 찾자는 취지로 허심탄회하게 이야기를 나눴고, 30분 만에 6개월을 끌어오던 공동의제 협의를 무난히 마칠 수 있었다.

다음날 양국 정부에서 나를 '한국 측 대화 창구'로 정했고, 그 이후 양국 간 과학기술협력 사업은 나와 스위스측 창구가 서로 협의해서 양쪽 정부에 제안을 하면 그것을 받아들이는 것으로 결론이 났다.

한국-스위스 간 라운드테이블은 계속 열렸다. 처음에는 MOU를 체결했다가, 2000년에 MOA로 승격했다. 한국과 스위스의 연구소와 대학이 모여 공동 심포지엄도 열었다. 이렇게 양국 간의 협력 관계가 20년 이상 이어질 수 있었던 것은 양국의 기술적인 상호보완성이 잘 맞아떨어졌기 때문이다.

나와 스위스의 기술 교류는 아직도 계속 진행 중이다. 특허와 논문을 같이 낸다. 협력에 대한 나의 철학은 서류만 오가는 협력은 무의미하다는 것이다. 사람이 오가는 게 진정한 협력이라고 생각해서, 양국에서 각각 뽑은 박사 과정 학생들이 연구 파트너가 되어서 6개월은 스위스에서, 6개월은 카이스트에서 함께 연구하는 제도를 만들었다. 심포지엄도 한 해는 스위스, 다음 해는 한국에서 개최한다.

이런 식의 기술 교류는 미국과도 활발히 진행 중이다. 암 연구 또한 한-미 국제공동 연구를 포함하고 있다. FDA 승인을 받으려면 미국 팀과의 협업이 필수이기 때문이다. 현재 U.C. 샌프란시스코 의대, U.C. 샌디에이고 의대, 오클랜드 어린이 병원, 이 세 곳과 협업하고 있다.

한-미 교류 역시 상호보완적인 결합이라 할 수 있다. 한국은 제조 기술과 임상이 강하고, 미국은 분석 기술과 기초의학이 강하다. 미국과의 공동 연구도 한국-스위스 연구와 마찬가지로 각국의 학생들이 6개월을 주기로 미국과 한국을 오가고 있으며, 심포지엄도 한 해는 한국, 다음 해는 미국에서 개최한다.

국내외
인적 네트워크의 중요성

우스갯소리 하나 할까 한다. 어느 날 쥐가 고양이에게 쫓기다가 구멍에 들어갔다. 고양이가 밖에서 '멍멍' 소리를 내자 쥐가 고양이가 간 줄 알고 구멍에 나왔다가 고양이에게 잡혔다. 고양이가 잡혀 있는 쥐에게 한마디 했다. "요즘 세상에 최소한 2개 국어는 해야 먹고 살지."

이 이야기를 듣고 '역시 영어는 필수지'라고 고개를 끄덕이는 사람도 있겠으나, 영어 실력을 높이기 전에 먼저 생각해봐야 할 것이 있다. 우리는 영어를 왜 배우는가? 취직을 하거나 학점을 잘 받기 위해서라면 영어는 재미없고 지루한 숙제 중 하나일 뿐이다. 영어는 보다 폭넓은 소통을 하기 위해 배우는 것이다.

10여 년 전 우리나라에서 화학공학과의 인기가 급격히 떨어졌을 때가 있었다. 그 이후 일부 화학공학과가 생명화학공학과로 바뀌기도 했다. 이 과정에서 많은 이공계 연구자와 기술자들이 혼란을 겪었다. 사실 나는 화학공학의 이러한 변화를 오래 전부터 예측하고 있었다. 국제적인 흐름에서 신호가 읽혔다.

화학공학의 주요한 이슈는 석유화학이다. 화석 연료가 태양열 같은 대체 에너지 이슈로 바뀌어가면서 기존 화학공학은 침체될 수밖에 없는 분위기에 놓여 있었다. 그렇다 보니 석유화학 기반의 플라스틱 사업도 환경오염 등의 문제 제기와 맞물려 사양산업이 되어버렸다. 일자리가 줄어드는 건 당연한 일이다.

미국은 오래 전부터 화학공학 관련 대규모 학회들이 방향을 바꾸는 추세였다. 무기화학이 유기화학으로, 유기화학은 바이오 영역으로, 생존하기 위해 변화했다. 그런 흐름이 밀려와서 우리나라 역시 화학공학이 주춤한 것이었다.

국제적 교류를 하면 우리나라의 3년~5년 후를 내다볼 수 있다. 내가 매번 가는 학술대회가 있다. IEEE Institute of Electrical and Electronics Engineers MEMS 학술대회에는 핵심적인 인물들이 오는 자리이므로 꼭 간다. 또 세계 마이크로머신 서밋 World Micromachine Summit 이라는 대회는 24개 국가의 과학계 대표들만 모이는 자리인 만큼 꼭 챙겼다. 그런 자리에 참석하면 유용한 정보를 얻을 수 있다. 각 나라의 교육, R&D 투자 체계, 산업계

동향 등이 모두 이 자리에서 자연스럽게 오간다. 세계 마이크로머신 서밋은 2010년까지 우리나라 대표로 참석하다가 이후 후배 교수에게 대표 자격을 물려줬다.

이런저런 계기로 만난 동료들이 지금은 미국, 일본, 스위스 대학의 교수나 연구자가 되어 필요할 때면 전화 한 통화로 도움을 청할 수 있는 사이가 됐다. 버클리 대학교에서 공부하며 같이 연구했던 동료들 중 빌 탱Bill Tang, 마이크 주디Mike Judy, 애이브 리Abe Lee, 리웨이 린Liwei Lin, 롱셍 팬Long-sheng Fan, 유창 타이Yu-chong Tai, 씨제이 킴CJ Kim, 밍 우Ming C.Wu 같은 친구들은 학창 시절 서로 집으로 초대해 음식을 나눠먹었고 아이들도 다 알고 있는 사람들이다. 빌 탱과 에이브 리는 U.C. 어바인 교수, 마이크 주디는 아날로그 디바이스의 임원, 리웨이 린은 버클리 대학교 기계과 교수, 롱셍 팬은 대만 국립 칭화대학교 전자과 교수, 유창 타이는 칼텍 전자과 교수, 씨제이 킴은 U.C.L.A. 기계과 교수, 밍 우는 U.C. 버클리 전자과 교수다. 이들과는 아직까지 연락하고 지낸다.

이러한 국외 전문가와의 관계는 연구를 해나갈 때 무시할 수 없는 요인이다. 기존에 쌓아놓은 관계가 없는 상태에서 외국 학회에 나가면 혼자 돌아다니다 끝나고 만다. 자주 나가고 많이 만나야 한다. 나는 유학과 국제 교류를 통해 얻은 인적 네트워크가 얼마나 소중한지 알기에, 내가 지도하는 학생들을 기회가 날 때마다 해외로 내보낸다.

처음 카이스트 교수로 부임해서 학생들을 해외학술대회에 보내 해외 사례를 경험하게 한 것도 그런 이유에서다. 비용은 교수들이 해외에 나갈 때 쓰는 여비를 활용했다. 논문 심사처럼 내가 직접 해야 하는 일이 아니면 되도록 학생들을 해외학술대회에 보내려고 했다.

그러다가 한때 주위 사람들로부터 학생들에게 인기를 얻기 위한 행동이라는 비판을 받기도 받았다. 미국에서는 학술대회에 참석하고 논문을 발표하는 것은 주로 학생들이다. 논문을 준비하고 발표하게 하는 것도 학생 교육의 일환이라 당연히 한국도 그럴 것이라 생각했는데 우리나라의 현실은 달랐다. 요즘은 우리나라도 학생이 학술대회에 나가는 게 흔한 일이 되었지만, 당시 우리나라에서는 교수가 대부분 학술대회에 나갔다. 하지만 나는 학생들이 해외에 인적 네트워크를 만들고, 발표 역량을 높이는 것이 더 시급하다고 생각해, 내 의견을 굽히지 않았다.

그때 학생들이 해외를 나가는 조건은 단 한 가지, 참석한 학생은 자신의 인상 깊었던 부분을 다른 학생들에게 30분 정도 발표해야 한다는 것이었다. 해외를 경험한 학생들의 반응은 상당히 좋았고, 새로운 힘을 얻어 연구에 더 열성적으로 임했다.

해외에 나가
발표를 해보는 것 자체가
대단한 경험이다.
자기가 아는 것을
다른 사람에게
언어로 표현하고
설득하는 능력을
키워나간다는 측면에서
큰 무대에서의
프레젠테이션 경험은
나중에 귀중한 자산이 된다.

해외에 나가 발표를 해보는 것 자체가 대단한 경험이다. 자기가 아는 것을 다른 사람에게 언어로 표현하고 설득하는 능력을 키워나간다는 측면에서 큰 무대에서의 프레젠테이션 경험은 나중에 귀중한 자산이 된다.

국제학술대회는 세계화의 현장이다. 미국인뿐 아니라 다양한 국적의 외국인이 모여 유창한 영어로 소통하는 것을 보는 것만으로도 크나큰 자극이 된다. 사소한 질의응답조차도 이런 곳에서 경험을 쌓아봐야 한다. 질문을 받았을 때 잘 알아듣지 못해서 얼렁뚱땅 대답하거나 상황을 모면하려 해서는 안 된다. 그러다가 더 곤란한 상황에 처하기도 한다. 그럴 때는 다른 표현으로 다시 질문해달라고 요청하거나 지금은 잘 모르겠으니 나중에 따로 이야기하자고 하면 된다. 이런 것이 다 경험이고 자산이다.

버클리 대학교에서는 학회 발표를 하기 전에 학생들 앞에서, 그룹 미팅 때, 교수들 앞에서, 이렇게 최소한 세 번은 발표를 하도록 한다. 내용을 가다듬는 시간이라 할 수 있다. 학회장에 가서 발표를 듣다 보면 버클리 대학교 학생들의 발표는 눈에 띈다. 세 번 연습하고 온 학생과 혼자 연습하고 온 학생의 차이는 클 수밖에 없다.

발표는 훈련이다. 언어가 관건이 아니라 논리와 표현력이 핵심이다. 연구 결과를 설명할 때는 상대방의 언어로 이야기해줘야 한다. 자기 언어로 자기중심적으로 발표하면 아무도 알아듣지 못한다. 글로벌 시대에는 무엇보다 상대방의 이해를 돕고 설득시키기 위해 자기 표현에 능수능란해야 할 필요가 있다.

발표가 끝이 아니다. 국제학술대회는 학생 입장에서 글로벌 파트너를 만날 수 있는 기회이기도 하다. 국내 학위자들이 영어보다 더 신경 써야 할 부분이 바로 파트너다. 국내에서만 학위를 받았다면, 글로벌 파트너를 확보하는 데 더 신경써야 한다.

국제학회에 참가하면 만찬장에서 함께 식사를 하게 되는데, 그런 자리에서 커뮤니케이션이 일어난다. 서로 대화를 즐기듯이 '너희 나라는 어떠냐', '그쪽 대학은 무슨 프로젝트를 하냐'며 이야기하다 보면 편하게 친구가 되는 것이다. 그러면 상대에게 자연스럽게 제자를 소개하는 일도 가능해진다. 이런 만남이 나중에 그 학생의 발판이 된다. 결국 국제학술대회에 나가는 이유는 소통 능력을 향상시키고, 인적 네트워크 구축하고, 세계적인 기술 수준을 파악하기 위해서다.

개인적으로 가장 기억에 남는 학회는 1995년 IEEE MEMS 학회이다. 그 전까지는 버클리 대학교 소속으로 논문을 발표해오다가, 그때 처음 카이스트 소속으로 우리나라 최초의 MEMS 논문을 발표했다. 그 이후 나는 국제운영위원을 거쳐, 8년 뒤인

2003년에 IEEE MEMS의 대회장으로 선출되었다.

세계 마이크로 서밋은 24개국의 대표자들 중에서 매년 의장을 선출하는데, 의장이 그해 학술회의 대회장을 맡는다. 아시아에서는 일본이 거의 의장을 맡다가, 내가 참여하고 나서야 비로소 처음으로 한국이 의장을 맡았다.

의장으로 선출되기까지는 우여곡절이 있었다. 1999년에 처음 그 학회에 참석했는데, 그 무렵 학회 내에서 '한국을 제외하자'는 의견이 나오는 등 심상치 않은 기류가 흐르고 있었다. 이유를 알아보니 이전의 한 한국인 참석자가 처신을 잘못한 모양이었다.

그 이야기를 듣고 의장에게 발언 기회를 한 번 달라고 부탁했다. 처음에는 "한국을 배제했기 때문에 그럴 수 없다"는 답변이 돌아왔다. 나는 포기하지 않고 지인들에게 연락해 "그것은 그 사람의 문제이지 국가의 문제가 아니므로, 국가의 참여 자체를 막으면 안 된다"라고 설득했다. 마침내 내 요청이 받아들여져 발언 기회를 얻었고, 한국이 참여해야 하는 이유를 온힘을 다해 설명했다. 그때 각국의 대표들이 내 모습을 인상 깊게 본 덕분에, 2000년에 우리나라가 정식 회원국으로 인정받았고, 2008년에 내가 의장으로 선출되었다.

국제학회의 대회장을 하려면 각 국가의 위원들 중 최소한 과반수의 지지를 받아야 하니 쉬운 일은 아니다. IEEE MEMS와 세계 마이크로 서밋을 보더라도 첫 참석에서부터 국제 학계에서 신뢰를 얻어 대회장으로 선출될 때까지, 모두 8년이란 세월이 걸렸다. 국제학회에서 최소한 과반수의 지지를 얻기 위해서는 일시적인 참여가 아니라 오랜 기간 성실과 신뢰로 꾸준히 사람들을 설득해야 한다. 물론 그 과정에서 네트워크는 더 깊고 풍성해진다.

효율적인 연구보다 효과적인 연구를

연구에도 A학점짜리 연구와 B학점짜리 연구가 있다. 어떤 기준으로 평가할 수 있을까? 풀고자 하는 문제의 가치와 중요성이 첫 번째다. 두 번째는 방법의 경쟁력이다. 그 문제를 푸는 데 그 방법이 얼마나 좋은 방법인지 따져봐야 한다. 문제를 푸는 방법이 하나밖에 없을 리는 없다. 여러 가지 방법 중 가장 경쟁력 있고 창의적인 방법을 찾아야 한다. 상투적인 방법에 집착한 면피용, 졸업용, 논문용 연구는 좋은 연구가 아니다.

연구를 하다 보면 다학제적 공동 연구를 경험하게 된다. 다학제적 공동 연구가 잘 되려면 몇 개의 학제가 공동 연구를 해야 하는지를 따져서는 안 된다. 우선은 이슈의 성격이나 목적이 다학제적인지 따져야 한다. 그것이 핵심이다. 그리고 학제간 역할 분담과 그 구성 체제가 그 문제를 풀기에 적합한지 검토해나가며 문제를 풀어야 한다.

공동 연구는 융합 연구와 분업 연구로 나뉜다. 다학제적 융합 연구는 혼자서 할 수 없는 문제를 여러 팀이 모여서 푸는 방식이다. 분업 연구는 조금 다르다. 공동 연구이긴 한데 많은 양의 일을 나누어 연구하는 방식이다. 혼자 하기에는 일이 많으니 30%는 A가, 20%는 B가, 50%는 C가 하는 식이다.

우리나라의 공동 연구는 대체로 분업 연구가 많다. 분업 연구는 '효율성'이 가장 중요하지만, 융합 연구는 '효과성'이 관건이다. 융합 연구에서 유효하지 않은 것은 아무리 효율이 높아도 소용이 없다.

여기서 효율성과 효과성을 구분지어 생각할 필요가 있는데, 예를 들어 몇 편의 논문이 나왔는지 따지는 것이 '효율성'을 강조하는 것이라면, 논문의 피인용지수(어떤 논문이 다른 논문에 인용되는 정도를 수치화한 지수. 피인용지수가 높을수록 영향력이 큰 논문이다)를 따지는 것은 '효과성'을 강조하는 것이라 할 수 있다.

국내의 연구 정책들이 효율성을 강조하는 분위기는 그래서 더욱 안타깝다. 연구비를 지원하고는 논문이 몇 편 나왔는지를 세는 것으로 성과를 측정한다. 효율성에 앞서 효과성을 먼저 따져야 하는데도 말이다. 누가 뭐라고 해도, 논문 몇 편이 나왔는지가 중요한 게 아니라, 한 편이 나오더라도 효과적인 결과물이 나오는 것이 중요하다.

운동 경기와 과학기술 경쟁을 비교해보면 좀 더 쉽게 이해할 수 있다. 과학기술 경쟁을 운동 경기로 치면 경기장은 시장, 관중은 수요자와 투자자, 선수는 과학기술자들이다. 국가적 차원에서 자국의 운동 선수들이 금메달을 많이 딸 수 있게 하려면 어떤 종목을 육성하는 게 좋을까?

올림픽에서 우리나라는 유독 양궁에서 강세를 보인다. 이는 선택과 집중의 결과다. 양궁을 잘한다고 이 선수들을 사격이나 육상에 내보낼 수는 없다. 아무리 그 종목에 걸려 있는 메달이 많아도 불가능한 이야기이다.

어쩌면 문제 인식부터가 잘못되었는지도 모른다. 과학기술 분야에는 각 기술마다 로드맵이라는 개념이 있다. 로드맵을 보면 이전 단계에서 다음 단계로 갈 때 무엇을 해결해야만 더 성능이 올라가는지, 무엇이 장애물로 작용하고 있는지 등을 알 수 있기 때문에, 로드맵을 체크하면 해결 과제가 명확해진다.

그런데 이런 고민이 부재한 상태에서 '연구개발사업의 효율화' 같은 용어가 등장할 때면 마음 한구석이 답답해질 수밖에 없다. 효율화가 중요하지 않다는 게 아니라 효과성이 사라진 게 문제다.

효율성이
양으로 공간을 채우는
싸움이라면
효과성은
공간을 채우는 게 아니라
새로운 것 하나를
더 얹는 식이라고
생각하면 된다.

이런 상황을 해결하기 위해서는 일단 연구 개발 분류 체계를 바꿔야 한다. NT, BT, IT처럼 기술 위주로 나누지 말고, 인간의 건강을 위한 것, 인간의 편익을 위한 것, 교통 문제 해결을 위한 것, 주거 문제 해결을 위한 것 등으로 나누는 게 바람직하다. 문제와 목적 위주로 나눈 후 그 문제를 인문학이든, 사회과학이든, 과학기술이든, 해결할 수 있는 방법을 제안하라고 하면 어떨까.

냉장고나 자동차를 보면 에너지 등급을 알리는 스티커가 붙어 있다. 이 기계들은 효율이 중요한 동력 기계이기 때문이다. 그런데 컴퓨터나 프린터에는 에너지 등급 스티커가 없다. 전기 사용량과 상관없이 얼마나 연산속도가 빠르고 빨리 인쇄를 하는지가 기계의 성능을 좌우하는 까닭이다. 효율성에 집중해야 하는 기술과 효과성을 추구해야 하는 기술은 다르다. 기존 기술을 따라가는 추격 연구에 대해서는 효율성이 중요할지 모른다. 그러나 선도형 신기술 개발에는 당연히 효과성에 중심을 두어야 한다. 효과성을 염두에 두고 기술을 고민해야 쓰임새가 높은 가치를 창출할 수 있다.

이런 사고는 꼭 과학기술 분야에만 해당하지 않는다. 식당에서 똑같이 만 원짜리 메뉴를 만든다고 해도 만 원에 맞추기 위해 반찬 개수를 최대한 늘리는 방법을 택하는 건 효율성 중심의 접근이다. 이와 달리 이 식당만의 독창적이고 새로운 한두 개의 음식으로 승부해 만 원으로 내놓는 방식은 효과성 중심의 접근이다. 효율성이 양으로 공간을 채우는 싸움이라면, 효과성은 공간을 채우는 게 아니라 새로운 것 하나를 더 얹는 식이라고 생각하면 된다.

물론 어느 한 가지가 절대적으로 옳다고 할 수는 없다. 소비자 역시 두 부류로 갈린다. 식당의 예에서 보면, 효율적인 식사를 즐기는 사람이라면 반찬이 풍성한 식당을 선택할 것이고, 색다른 음식을 맛보는 것을 추구하는 사람은 효과성이 높은 식당에서 식사를 할 것이다. 식당을 경영하는 입장에서 보면, 경쟁력이 높고 좀 더 많은 부가가치를 갖는 쪽은 후자일 가능성이 많다.

대학의 연구 성과들이 산업화로 이어지지 않는 이유가 여기에 있다. 새로운 것을 해냈다는 정도로 마무리해서는 안 된다. 그런 류의 연구는 무수히 많다. 같은 기능에 대해 기존의 것은 20초가 걸렸는데 새로운 것은 10초 만에 되는 기술이라면, 그리 부가가치가 높다고 말하기 어렵다.

두 배 남는 사업을 열 개 벌이기보다는 열 배 남는 사업을 하나 벌이는 게 낫다. 개인이든 국가든 마찬가지다. 큰 이득이 남지 않는 여러 사업에 시간과 노력을 분산하여 투자하는 사이 선두 그룹은 우리를 추월해 다른 차원의 비즈니스를 개척한다. 효과성의 추구는 이공계인이 반드시 풀어야 할 숙제다.

4장

이공계에서 성공하려면

이공계에서 성공이란

누구나 성공을 원한다. 그러면 성공이란 과연 무엇일까. 내가 정의하는 성공은 단순하다. 거칠게 얘기하자면, 성공이란 돈을 많이 벌든지, 사람들의 관심을 많이 받든지, 둘 중 하나다. 따져보면 두 가지가 다르지도 않다. 사람들은 관심이 있어야 소비를 한다. 다른 사람들이 자기 호주머니에서 돈을 꺼내면 성공이다. 즉, 돈을 벌겠다는 것은 다른 사람의 호주머니에 있는 돈을 내 주머니에 넣겠다는 말과 다름없다.

돈을 많이 버는 게 목적이라면, 방법 또한 그 방향에 맞춰야 한다. 다른 사람이 필요로 하는 새로운 것을 만들어서 다른 사람이 기꺼이 돈을 내놓게 하겠다는 목적을 세웠다면, 다른 사람을 만족시키는 방법까지 생각해야 한다. 그래서 다른 사람을 만족시켜야 목적을 달성하는데, 정작 내 만족만 생각한다면 성공은 저만치 달아나버린다.

많은 사람을 만족시키려면 무엇을 알아야 할까? 결국 사람을 알아야 한다. 자기 꿈 안에 얼마나 다른 사람들의 꿈을 품을 수 있느냐, 거기에 성공이 달려 있다.

이 생각을 붙들고 있으면 어느 대학을 나오든 무엇을 하든 성공의 길로 갈 수 있다. 살다 보면 일생일대의 승부를 걸어야 하는 순간이 온다. 그 전에 하는 것은 다 준비 작업이다. 물론, 승부에서 이기기 위해서 좋은 대학을 나와 훌륭한 인맥을 다지는 것도 중요하다. 그런데 재미난 점은 재벌을 만족시켜야 재벌이 되는 게 아니라 많은 사람을 만족시켜야 재벌이 된다는 것이다. 부자들을 많이 알고 친하게 지낸다고 해서 재벌이 될 수는 없다는 이야기이다.

한때 기피 대상이었던 이공계가 지금은 많은 부모가 선호하는 분야가 되어가고 있다. 아무래도 일자리가 상대적으로 많기 때문일 것이다. 우리나라는 제조업을 기반으로 움직이는 나라다. 금융과 문화 영역이 경제를 이끌어갈 수준에 도달하지 못했다. 제조업 위주로 움직여, 아이디어를 유형화하는 과정을 효과적으로 만들어나가는 게 우리의 생존 전략이었다. 당연히 이공계열에 일자리가 많이 생길 수밖에 없다. 우리나라는 이공계의 성공이 국가의 성공과 직결되는 구조를 가진 나라다.

제4차 산업혁명으로 산업 구조가 급격히 재편되는 지금은 뛰어난 이공계인이 더더욱 필요한 시점이다. 사회는 사람들이 진정으로 원하는 것을 만들어낼 인재를 필요로 하고 있다. 예전처럼 단순히 부지런히 일하고 싸게 많이 만들어 팔아 돈을 버는 시대는 지나갔다. 아주 질 좋은 물건으로 승부하는 시대도 아니다. 한때 장인의 시대도 있었지만, 지금의 기술 문명은 새로운 의미에서의 발명가를 요구한다.

국가 경제에 도움이 되는 수출을 하기 위해서는 매력적인 물건을 만들어 팔아야 한다. 국가도 돈을 벌기 위해서는 사는 것보다 파는 게 많아야 한다. 당연한 진리다. 외부에 팔지 못하고 내부에서 부모가 자식에게 물려주는 식으로 순환시켜봐야 부는 결코 늘어나지 않는다.

모든 산업이 그렇다. 의료 분야를 예로 보면, 우리나라의 병원 개수가 중국집 개수를 넘은 지 이미 4~5년이 지났다. 인구는 줄어드는데 병원은 이미 과잉이다. 특히 대형 병원은 내국인만을 대상으로 치료해서는 생존할 수가 없다. 전 세계 사람들이 병원을 찾게끔 만들어야 살아남을 수 있다.

대학도 예외는 아니다. 기존에 나온 부품의 성능을 더 향상시켜보겠다고 거기에 매진하다가는 어느 순간 뒤처지고 만다.

많은 사람을 만족시키려면
무엇을 알아야 할까?
결국 사람을 알아야 한다.
자기 꿈 안에 얼마나
다른 사람들의 꿈을
품을 수 있느냐,
거기에 성공이 달려 있다.
이 생각을 붙들고 있으면
어느 대학을 나오든 무엇을 하든
성공의 길로 갈 수 있다.
살다 보면 일생일대의 승부를
걸어야 하는 순간이 온다.

예를 들어 휴대폰 개발을 생각해보자. 한 대의 휴대폰 안에는 카메라 모듈, 통신 모듈, 음성 모듈이 존재한다. 각 모듈 안에는 여러 가지 세부적인 모듈이 모여 있고, 모듈 안에는 다시 여러 가지 부품이 있다. 모듈 속의 부품 하나만 생산하더라도 그 숫자가 몇 백만 개가 되니 적지 않은 시장이다. 하지만 여기에 대학이 관여해 부품을 제작하고 생산하고 성능을 개선하겠다고 한들 큰 효과를 보기 어렵다. 대학은 이보다 더 앞선 생각을 하면서, 사람들의 본질적인 욕망을 건드려야 한다.

보통, 사람들이 성공을 하겠다고 하면 규모가 어느 정도일까? 국회의원을 꿈꾼다면 적어도 투표자 중 과반의 마음을 얻고자 노력한다. 자그마한 슈퍼마켓을 해도 동네 주민들에게 어떻게 하면 더 싸고 좋은 것을 팔지 고민해야 매출을 올릴 수 있다. 이공계인도 마찬가지다. 다른 사람의 요구에 귀를 기울이지 않으면 결코 성공할 수가 없다.

지금 우리가 하고 있는 혈중암세포 연구는 특정 기업이나 개인을 위해서 하는 연구가 아니다. 암에 걸렸거나 걸릴 위험이 있는 모든 사람의 욕구에 응답하는 기술이다. 꽤나 거대한 꿈을 꾸고 있는 셈이다.

암 연구를 시작했을 때, 한 대기업으로부터 모든 기술 개발 결과를 제공받는 대가로 매년 15억 원의 연구비를 주겠다는 제안을 받았다. 내 결정은 거절이었다. 우리의 연구가 특정 기업을 위한 것이 아니라 모든 암 환자를 위한 것이었던 까닭이다. 나는 이 기술이 의료보험 적용을 받아 암 환자들이 염가로 치료받게 되기를 바랐다. 대기업이 기술을 보유하면 그렇게 될 리가 없으므로 거절할 수밖에 없었다.

암 연구를 놓고 다른 팀과 경쟁을 할 때, 다른 연구팀에는 기업 참여가 있는 반면 우리 팀에는 기업 참여가 없었다. 심사위원들이 충분한 기회가 있었을 텐데 왜 기업을 참여시키지 않았는지를 캐물었다. 나는 이 기술을 여러 기업들이 나누어 가지면 사업화가 제대로 될 수 없다고 대답했다. 굳이 기업이 참여한다면 제대로 된 바이오의료 분야 마케팅 능력을 가진 파트너여야 하는데, 참여를 제안한 기업들은 그 분야의 바이오마케팅 능력이 없어서 참여시킬 수 없었다는 대답도 덧붙였다.

바이오의료와 동떨어진 대기업에 손을 벌리지 않아도 정부의 지원만으로도 해낼 수 있다는 자신감은 여전하다. 암 치료라는, 확실하고 거대한 규모의 사람들의 요구가 있기 때문이다. 효과가 가장 탁월한 몇 가지 암에 대해 정식 임상시험을 진행하고 있으며, 유의성을 입증하여 수익을 발생시킴으로써 초기 비용을 해결하고 연구를 지속한다는 계획을 세우고 한 걸음씩 나아가는 중이다.

독보적인 나만의 필살기란 무엇인가

무슨 일이든 직업으로 한다면 프로다. 석사나 박사 과정에서 공부하는 사람이라면 이미 프로로 봐야 한다. 프로는 자신만의 확실한 장점을 가지고 일을 하는 사람이다. 이공계인은 품 안에 늘 잘 벼려놓은 자신만의 필살기 하나를 품고 있어야 한다.

나만의 필살기는 내 우수성을 드러내고 돋보이기 위해 가지는 것이 아니다. 반대로 다른 사람과 협업을 하기 위해 필요하다. 역설적인가? 나를 드러내고자 하는 최고의 장점이 오히려 협력을 위해서라니. 그러나 따져보면 당연한 일이다. 서로가 필요하지 않다면 협업할 일이 없다. 내게 분명한 장점이 있을 때 누군가와 상호보완적인 관계로 한 배에 탈 수 있다. 그러므로 복합적이고 총체적인 문제에 도전하는 협업에 참여하기 위해

이공계인은
품 안에 늘 잘 벼려놓은
자신만의 필살기 하나를
품고 있어야 한다.
나만의 필살기는 내 우수성을
드러내고 돋보이기 위해
가지는 것이 아니다.
반대로 다른 사람과
협업을 하기 위해 필요하다.
역설적인가?

서는 나만의 장기 또한 확실히 갖추고 있어야 한다.

연구를 하다 보면 누구나 절망스러운 순간에 부딪친다. 이러한 순간의 고통을 호소하는 연구자들을 수없이 많이 만나왔다. 그때마다 나는 뭐라고 대답했을까? “기회는 이때다!”라며 어깨를 두드린다. 누가 가도 막혔을 그 길을 자신만의 필살기로 풀어낼 수 있다면 그 분야 최고의 전문가가 될 수 있다고 말이다. 위기가 기회라는 역설은 이 경우에도 통용된다. 많은 사람들이 골머리를 앓는 문제를 풀면 최고가 되고 내가 가진 필살기의 위력은 두 배가 된다.

어느 과목이나 두루 잘하는 학생은 학교에서는 우등생일지 몰라도 사회에 나가면 어정쩡한 경쟁력을 갖게 된다. 자신만의 필살기를 가져야 한다. 특히 과학기술인은 누구보다 잘하는 것 한 가지를 가지고 목표와 범위를 설정할 때, 삶을 성공으로 이끌어갈 수 있다. 자신의 강점인 필살기가 정해져야 비로소 목표와 영역을 구체화할 수 있을 것이다. 우리나라의 반도체 시장이 크다고 해서 그곳에 가면 성공할 수 있을까? 그 시장 안에서 내가 할 수 있는 게 무엇인지가 핵심이다.

연구 목표를 잡을 때도 구체적으로 정해야 한다. 타인과의 협력에 있어서도 자신이 하나라도 제대로 하는 게 있어야 협력할 수 있다. 어떤 이는 기술 도입을 협력과 착각하기도 한다. 서로 도움이 되는 상호교류가 아니라 돈을 주고 기술을 가져왔다면 그것은 구매이지 협력이 아니다.

우리 교육의 문제점은 날카로운 엣지를 만들어낸다기보다 끊임없이 대패질을 해서 두리뭉실한 인재를 만들어낸다는 데 있다. 잘하는 것을 키우지 못하고 못하는 것만 지적하는 분위기가 팽배하다. 이렇게 만들어진 학생들은 대학에서 연구도 잘하지 못하고 외국에서 토론을 하면 자신이 아는 것만 집착해서 엉뚱한 이야기를 하고, 모르는 것과 마주치면 어떻게 해야 할지 모른다.

청소년기에 자기 콘텐츠를 만들어내는 경험을 해보지 못하니 성인이 되어서도 나만의 영역을 창조하지 못한다. 있는 자료를 찾아오라는 것은 잘하고 특정 영역의 시험도 잘 보는데 새로운 질문을 주면 답을 찾지 못하고 두 영역의 지식이 결합된 문제가 나오면 연결고리를 찾지 못한다. 생물과 물리는 별개의 세상을 다루는 학문이 아니다. 같은 현상을 해석하는 방식에 차이가 있을 뿐이다. 교과서는 과목이 나뉘어져 있지만 세상의 이치는 그렇게 나뉘어져 있지 않다.

나 역시 MEMS라는 필살기를 이용해 두 가지 연구를 진행하는 중이다. 한 가지는 앞서 소개한 암세포를 찾아내 분석하는 기술이고, 또 하나는 인간의 감정을 측정하는 기술이다. 하나는 육체적 질병을, 다른 하나는 정신적 상태를 파악한다. 두 가지 연구의 공통점이자 핵심은 세포에서 '생화학적' 특성을 살피는 게 아니라 '물리적' 특성을 파악하여 인간의 상태를 알아내는 것이다. 생명체의 생화학적 특성을 보는 사람은 많지만, 모양이나 경도같이 물리적 특성을 살피는 사람은 드물기도 하고, 이 분야에서 나만의 필살기를 적용해볼 수 있었기 때문에 도전할 수 있었다.

내가 오랜 연구 생활을 하며 깨달은 한 가지는, 어떤 현상을 이해하는 데 전혀 다른 접근법을 사용해야 보다 나은 결과를 얻을 수 있다는 것이다. 전기적인 현상은 기계적으로 측정해야 영향을 덜 받는다. 전기적인 현상을 전기로 측정하면 전기가 현상에 영향을 미쳐 측정값이 부정확하다. 마찬가지로 물리적 현상은 화학적인 방식으로 다가가야 정확하게 파악할 수 있다. 화학적 현상은 물리적 방식의 모니터링에 영향을 덜 미친다.

내 연구는 생체의 생화학적 특성과 물리적 특성의 연관성을 파악하는 것이었다. 기존 암세포 진단 방식이 생화학적인 방법이었다면 우리 팀의 방식은 물리적 방법이었다. 생화학적 반응은 일단 적용하면 돌이킬 수 없는 불가역적인 반응이다. 생체에 영향을 미치지 않고 측정하려면 물리적 반응을 봐야 한다. 더불어 물리적 반응을 측정할 때의 장점은 지속적인 관찰이 가능하다는 점이다. 이 방법은 점점 그 효과를 입증하는 중이다.

기업의 경우도 시장을 지키기 위해 여러 기술을 모으기보다 가장 잘하는 딱 하나의 기술을 지키면서 여러 개의 시장을 형성하는 게 낫다. 하나의 부품을 만들어 휴대폰, 캠코더, 자동차에도 팔면 된다. BT가 대세면 BT로, NT가 대세면 NT로, 흐름에 따라 자꾸 움직이면 경쟁력을 잃어버린다. 하나의 필살기를 가지고 용도를 다변화시키면서, 각각의 용도에 따라 점점 더 성숙시키고 발전시킬 때 성공할 가능성이 훨씬 높고 위험 부담률도 적다.

내 생각에는 기술의 변화에 맞춰 자신의 강점을 변화시키라는 것은 어리석은 조언이다. 예를 들어 스마트폰 분야를 보면, 스마트폰이 혁신적으로 바뀔 때마다 그곳에 들어가는 부품은 총체적으로 바뀐다. 그런데 기업이 기술 변화에 따라 부품 생산을 하려면 그때마다 어마어마한 시설 투자와 로열티를 지불해야 한다. 아무리 따라가봐야 손해고 뒷북이다.

나만의 필살기가 구체화되면 그것을 특허라는 형태로 만들어보라. 특허를 받으면 누군가 이 기술을 사용할 때마다 특허권자에게 로열티를 지불해야 한다.

기술은 구조와 방법, 이 두 가지를 기준으로 특허를 낸다. 내 경우는 방법보다는 구조에 관한 특허를 선호한다. 그렇게 되면 소재와 공정에 상관없이 구조와 형태가 같으면 내 기술에 해당한다. 일단 누군가가 특허를 신청하려고 한다면 같은 구조로는 특허를 낼 수 없고 소재와 공정 등으로 특허를 내야 하므로 범위가 좁아질 수밖에 없다. 이래서 새로운 개념 특허나 구조 특허의 선점이 중요하다.

특허는 기술적인 내용의 자료를 변리사에게 보내면 변리사가 법적으로 권리 범위들을 정해서 자료를 작성하고, 그것을 다시 특허권자가 검토하는 절차를 거쳐 획득하게 된다. 권리 범위는 최대한 크게 잡는다. 기술의 활용 범위는 다양하므로 특허에 구체적인 용도 등을 명시하지는 않는다. 가령, 여러 가지 가능한 용도를 염두에 두고 그에 따라 어떠한 모양으로 형상이 변한다는 구조적 특징을 특허로 신청하는 것이다.

특허를 가지고 있으면 특허가 침해당했을 때 소송을 제기할 수 있다. 만약 특허를 가진 이와 협상하지 않고 독자적으로 같은 기술을 활용해 제품을 판매하면 특허 소유자는 로열티 지불을 요구하는 소송을 제기할 수 있다. 소송에서 이기면, 특허를 활용해 번 수익을 모두 특허권자가 받을 수 있다.

이공계인은 나만의 필살기를 특허로 만들어 무장할 수 있어야 한다.

어려움에 직면했을 때

제자들과 면담을 할 때, 나는 도와줄 것이 없는지 물어보면서 잘되는 것보다는 잘 안 되는 것을 말해달라고 얘기한다. 사실 학생들은 교수에게 잘 안 되는 부분을 되도록 말하지 않으려고 한다. 인정받고 싶어 하는 심리 때문이다. 나는 어려운 부분을 학생들이 숨기거나 잘한 것을 과장하면 야단을 친다. 틀리면 틀린 대로 있는 그대로 상황을 전달해야 문제가 해결되기 때문이다. 학생이 처한 현실을 알아야 올바른 방향으로 가는지 판단할 수 있고, 그러라고 교수가 존재하는 것이다. 때로는 엄격하고 지나치게 예외를 허락하지 않더라도, 학생들이 자신의 길을 꾸준히 가게끔 교수는 최선을 다해야 한다.

많은 학생들이 내 지도를 힘들어하는데, 그 이유는 한 번 동의한 목표를 내가 잘 바꿔주지 않아서다. 뭔가 잘되지 않아 목표를 바꾸고 싶어 하는 학생을 만나면 처음에 동의를 할 때 될 것이라 생각했는데 잘 안 된다면 무조건 이유가 있을 것이니 그 이유를 알 때까지 계속 그 길을 계속 가봐야 한다고 설득하는 편이다. 연구에서 성공이란 다른 사람이 해보지 않았고 모르는 것을 내가 해보고 알 게 되었을 때 도달할 수 있다고 생각해서다.

연구를 하다 보면 고비가 생기고 타협의 유혹에 시달리는 시기가 온다. 여기에 굴복하면 많은 사람들이 원하는 바가 아닌 내가 편한 형태로 연구를 조정하기 쉽다. 당장 편해지겠지만 또 다시 방향을 잃고 좌초하는 건 순식간이다. 연구를 하려면 스스로에게 엄격해야 한다. 다른 사람의 시선으로 나를 볼 수 있을 때 올바른 연구에 도달한다. 그 연구의 성과를 내가 정말 아끼는 사람들이 사용한다고 생각하고 연구해야 한다. 사람들이 나를 깐깐하다고 하는 이유가 있다면, 아마도 내가 철저히 사용자 입장에서 만사를 바라보기 때문일 것이다. 목표를 분명히 해야 한다는 이유도 이것 때문이다.

나에 대한 주위의 평판은 호불호가 갈린다. 분명한 색깔을 지니고 있어 예측이 가능하고 어떤 제안에 대해 무슨 선택을 할지 묻기 전에 눈치 챌 수 있는 스타일이라는 평을 듣는다. 그래서 내 방향과 맞지 않는 일에 대해서는 사람들이 아예 내게 제안조차 하지 않는다. 얘기해봐야 내가 받아들이지 않으리라는

연구를 하다 보면
고비가 생기고 타협의 유혹에
시달리는 시기가 온다.
여기에 굴복하면 많은 사람들이
원하는 바가 아닌 내가 편한 형태로
연구를 조정하기 쉽다.
당장 편해지겠지만
또 다시 방향을 잃고 좌초하는 건
순식간이다.

것을 분명히 아는 까닭이다. 그래서 나는 쉬운 교수이다.

아마도 내 목적 의식이 분명하기에 그런 성향을 갖게 되었다고 생각한다. 목적 의식은 가치관이라고도 할 수 있는데, 선택을 해야 할 때마다 나는 내 가치관에 맞게 결정하고자 했다. 누가 뭐라고 해도 아닌 것은 아니다. 스스로를 속이지 않는 것이 어려움을 극복하는 힘이기도 하다.

한국에 와서 연구하면서 가장 힘들었던 것은 연구 시설을 갖추는 것이었다. 연구를 제대로 하려면 당연히 연구 시설을 갖춰야 한다. 내가 다루는 MEMS 분야는 연구 결과에 대한 확인과 검증을 하기 위해 '클린룸'이라는 시설이 필요하다. 미국에서 한국에 처음 돌아왔을 때는 제대로 된 시설을 찾기 어려웠다.

지금은 서울대와 카이스트에 정부 투자를 받아 구축한 시설이 있고, 한국나노기술원도 만들어졌다. 사용료를 내면 누구나 이용할 수 있는 시설이다. 하지만 내가 귀국한 당시만 해도 이러한 시설이 없었다.

처음엔 일단 급해서 당시 삼성, LG, 현대 등 반도체 공장 내에 있는 장비를 빌려 썼다. 하지만 회사에서 장비를 쓰지 않는 명절 연휴에나 사용할 수 있었다. 언제까지 셋방살이를 할 수는 없었다. 급기야 독자적으로 운영할 수 있는 클린룸 시설을 갖춰야겠다는 생각이 들었다.

당시 클린룸을 만드는 비용을 계산해보니 1억 5000만 원가량이 나왔다. 그 시절 카이스트 기계공학과의 1년 시설비는 2000여 만 원에 불과했다. 애초에 학교 예산으로는 해결할 수 없다고 생각해서 학교의 지원은 포기했다. 게다가 학교에서는 내가 유별나게 군다며 클린룸 구축을 반대하기도 했다. 1억 5000만 원이라는 큰돈으로 장비를 사도 모자랄 판에 기본 시설을 구축한다니 의아해하는 시선이 많았다.

MEMS 연구를 위해서는 클린룸이 있어야 한다는 점은 누구나 동의하지만, 특정 분야에만 돈을 몰아줄 수도 없었고 예산도 한정되어 있어서 공평하게 예산을 나누어야 했다. 당장 돈도 없고 주위의 반대까지 있었지만, 내 연구의 방향을 생각하면 클린룸 구축은 결코 포기할 수 없었다. 나는 클린룸을 마련하기 위해 준비를 차곡차곡 해나갔는데, 클린룸에 필요한 장비를 하나 둘씩 사 모으는 데 무려 5년이 걸렸다.

5년 동안 연구 과제를 수행하면서 연구비가 모일 때마다 클린룸에 필요한 장비를 하나씩 마련했다. 한 해 연구 과제에서 에어컨을 사고, 그 다음 해 연구 과제에서는 전기 배선을 설치하는 식이었다. 미리 사둔 장비들은 오염이 우려되어 포장도 뜯지 않고 보관만 했다. 클린룸이 오픈하기 전까지는 퇴근하면서 한 번씩 박스에 담긴 장비를 만져보는 게 유일한 위안이었다.

1998년, 클린룸을 준비한 지 5년째 되는 해에 그동안 모은 것을 연결시켜 클린룸 준공에 성공했다. 끝끝내 내가 클린룸을 만들어내자 사람들이 이런 무식한 방식으로 클린룸을 만드는 사람은 처음 보았다며 내 집요함에 혀를 내둘렀다. 학교나 정부의 지원 없이 개인 연구실에 클린룸을 만든 것은 국내에 우리뿐이었다.

클린룸을 준공하고 나니, 1999년 창의연구단에 선정되어 1년에 8억 원씩 9년 동안 연구비를 지원받을 수 있었다. 거의 1000:1의 경쟁률을 뚫은 결과였다. 클린룸을 5년에 걸쳐 만들어낼 정도의 뚜렷한 목표 의식과 집념이 인정받았다고 생각한다. 모르긴 몰라도 나의 연구 실적이 다른 이보다 월등히 앞서지는 않았을 것이다. 당시 심사위원 20여 명 중 15명이 우리 사업단에 최고 점수를 준 데에는 그동안에 보여준 내 신념과 의지에 공감하는 사람들이 많았기 때문이 아니었을까 싶다. 심사위원들이 내려준 그날의 결정을 지금도 고맙게 생각한다.

음지가 있으면 양지가 있다는 점을 기억하고, 어려움이 있다면 그 어려움을 역으로 어떻게 활용할 것인가를 생각하면 답이 보인다.

사람들이 간과하는 것은 가장 좋아하는 일과 가장 싫어하는 일이 동전의 양면처럼 붙어 있다는 점이다. 좋아하는 일을 하다 보면 싫은 일도 생기기 마련이다. 그럴 때는 싫은 것도 끌어안을 수 있어야 진짜 좋아하는 일을 해낼 수 있다. 어떤 일을 할 때 정말 싫은 일이 생겼음에도 그것을 끌어안을 마음이 생긴다면, 그건 자신이 진정 좋아하는 일임이 분명하다.

어려움에 부딪쳤다면, 그 장벽에 대해 스스로 어떻게 느끼는지 솔직히 물어보라. 어렵고 고된 상황이라도 어디에선가 그것을 극복하고자 하는 의지가 솟아난다면, 당신은 그 일을 진정으로 좋아하고 있는 것이다. 신념을 지키며 좋아하는 일을 계속하면, 그 어려움을 그리 힘들지 않게 극복할 수 있다.

어떤 기술이든
더 큰 스토리를 생각하라

오랜 세월을 연구에 매진해오며 내가 깨달은 것 중 한 가지는 아무리 좋은 기술도 기존 것의 성능을 개선하는 정도로는 시장에서 경쟁력을 갖지 못한다는 점이다. 기존의 제품을 대체하기 위해서는 제품의 성능이 좋으면서 가격도 싸야 한다. 그런데 그러다 보면 수익이 생길 수가 없다. 이미 가격 경쟁에 뛰어든 제품은 경제적으로 대체 활용도가 떨어진다.

아무리 훌륭한 이공계인이 만든 제품이라도 시장에 나오면 똑같은 상품이다. 가격 경쟁력이 받쳐주지 않으면 현실 세계에서 활용되기 힘들다. 물건을 판매하려면 제품의 원활한 작동은 기본이고, 그 다음으로 얼마에 팔 수 있는지 고민해야 한다.

커피 한 잔을 팔 때 컵 가격과 원두 가격, 컵 받침대 가격을 더해서 커피 가격을 정하지 않듯이 제품도 원가가 아닌 기능을 기준으로 가격을 책정한다. 어느 휴대폰이나 구성은 거의 비슷하다. 관건은 활용도다. 그 속의 부품이 중요한 게 아니라 이 제품으로 무엇을 할 것인가가 중요하다.

몇 차례 상품화 실패를 통해, 기존의 부품을 대체하는 부품이 아니라 새로운 기능을 가진 고부가가치 제품을 개발해야 판매까지 연결된다는 사실을 뼈아프게 겪었다. 그래서 새로운 기능을 가진 부품들을 개발해 보았으나, 부품 자체는 매력이 덜했다. 큰 스토리가 아니라 조각조각의 에피소드만으로는 경쟁력이 없었다. 과학기술로 치면, 특정 분야에 치중된 기술을 단위기술이라고 한다. 단위기술은 에피소드에 불과하다. DNA를 분석할 수 있는 칩을 개발해봐야 팔리지 않는다. DNA를 분석해서 암이 생기지 안 생길지 알려주는 기능까지 추가되어야 사회적 관심이 생긴다. 연구 결과에 사회나 대중이 이해할 만한 어떤 효과를 드러낼 수 있어야 하는 것이다. 요리로 치면 단품 메뉴가 아닌 코스 요리를 내놓아야 부가가치가 있다는 얘기다.

산업체를 대상으로 내가 컨설팅한 사례를 예로 들어볼까 한다. 그 부품업체의 고민은 부품 생산만으로 부가가치가 생기지 않는다는 점이었다. 나는 모듈 단위로 생산 체계를 바꿀 것을 조언했다. 부품이 끼워진 보드를 생산하는 수준까지 도달해야 한다고 말이다. 새로운 부품을 만들기보다는, 어떤 시스템에 도달하는 것을 전제로 세트 규모의 생산품을 만들어야 이윤 창출로 연결된다는 게 나의 생각이었다.

어떤 연구든, 어떤 기술이든, 스토리를 개발해야 한다. 스토리를 만들 수 있다면 부품 하나하나의 성능을 기존보다 발전시킬 필요도 없다. 소비자는 지금 성능으로도 사용하기 충분한데 굳이 더 비싼 가격을 내고 기능은 같고 성능만 향상된 제품을 선택하진 않는다.

부가가치는 단일 부품이 아니라 여러 부품들을 모아 엮어내는 스토리에서 나온다. 그래서 자신만의 스토리를 만들고 그 스토리를 구현하기 위해 어떤 부품이 필요한지 찾아서 개발하는 식으로 접근해야 한다.

비유하자면 성능 좋은 제빵기를 만들어 팔 생각을 하지 말고, 맛있는 빵을 만드는 데 필요한 제빵기를 팔 생각을 하라는 얘기다. 사람들이 사는 건 제빵기가 아니라 빵이다. 그렇다면 어떤 빵을 만들지 먼저 정하고 그 빵을 만들기 위해 어떤 기계가 필요할지 고민하는 게 순서다.

궁극적인 목적은 상품 판매라는 점을 잊지 말자. 상품화할 때 필요한 물건은 개발해야 되겠지만, 그 물건을 파는 게 아니라 상품을 팔아야 한다. 물건과 상품의 차이를 이해해야 한다.

스토리를 만들 수 있다면
부품 하나하나의 성능을
기존보다 발전시킬 필요도 없다.
소비자는 지금 성능으로도
사용하기 충분한데
굳이 더 비싼 가격을 내고
기능은 같고 성능만 향상된
제품을 선택하진 않는다.
부가가치는 단일 부품이 아니라
여러 부품들을 모아 엮어내는
스토리에서 나온다.

내가 개발했던 혈중암세포 진단칩을 예로 들어보겠다. 만약 DNA 분리칩, 단백질 분석칩, 세포 분리칩, 혈구 분석칩 등 각각 개별 기능을 가진 칩으로 내놓았다면 개발자 본인 이외에 대중에게는 아무 소용이 없었을 것이다. 즉, 대중에게 어떤 의미를 가질 칩인지 제시되어야 상품으로서 칩의 가치가 높아지는 것이다. 그러므로 일반적인 에피소드보다는 전문적인 스토리를 만들어내야 한다. 그래야 상품의 부가가치가 높아진다.

외화를 벌어들이려면 수출을 하거나 로열티를 받아야 한다. 우리가 암 진단기기 제조 권리를 외국에 판매할 때 조건을 한국에서 개발한 칩을 써야 한다고 붙이면 자연스럽게 높은 부가가치가 생기고, 이것은 외화 창출로 이어질 것이다.

전 세계에서 우리나라 칩을 사간다고 상상해보라. 제조업의 성장에 대단한 도움이 될 수 있을 것이다. 마침 우리나라가 칩 제작 기술이 우수한 나라이니 충분히 실현 가능한 스토리다. 칩 하나 만드는 가격은 얼마 들지 않지만 스토리를 통해 원가의 수십 내지 수백 배의 이익을 낼 수 있는 것이다.

국립암센터, 삼성병원, 아산병원, 서울대병원, 분당서울대병원, 이대목동병원, 한양대병원, 가톨릭병원 등 국내 유수의 종합병원이 암 연구에 큰 관심을 보이는 이유도 여기에 있다. 요즘 병원은 의사나 간호사가 친절하다거나 좋은 의료 장비를 가지고 있다는 수준으로는 이윤이 나지 않는다. 최첨단 암 진단 기술은 병원으로서는 매력적인 기술이다. 고령화 시대를 맞아 병원마다 신축하는 것은 대부분 암병동이고, 암 환자는 매년 12% 이상 증가하고 있는 추세다. 암세포를 배양해서 항암제 스크린까지 도달한다면 이 기술의 잠재성은 정말 폭발적일 것이다.

기존의 존슨앤존슨의 '혈액을 이용한 암 검진 기술'의 경우, 한 번 검사를 받는 비용이 한 사람당 3000달러 정도다. 우리 기술도 같은 비용을 받는다고 치면, 우리나라의 암 환자 50만 명이 1번씩만 검사를 해도 1년에 1조 5000억 원의 매출이 발생한다. 전 세계 시장으로 확장하면 엄청난 액수가 아닐 수 없다.

칩 개발은 이미 몇 년 전에 끝났다. 지금은 어디에 사용할 수 있는지(용도)와 어떻게 사용하는지(용법)를 확립하기 위한 임상시험 단계를 밟고 있는 중이다. 용도와 용법을 개발하면 이 칩의 가격은 재료비가 아니라 대체 비용에 따라 매겨진다. 이 칩을 사용하지 않았을 때 드는 의료 비용이 바로 칩의 가격이 되는 것이다. 이 기술을 쓰지 않으면 수술비, 입원비, 회복비, 약값이 든다. 환자는 수술과 칩 사용 중 하나를 선택해야 하는 상황에 놓인다. 새로운 의료 기술의 가격은 대체할 수 있는 기존 의료 기술의 비용에 따라 정해진다. 부가가치는 이런 식의 스토리에서 나온다. 칩 자체만으로는 아무것도 아니다.

게다가 최적항암제 선별 기술을 가지고 있으면 이제 외국 제약회사와의 협상이 가능해진다. 개인별 최적 항암제 선별 검사를 할 때 상대 회사 제품의 포함 여부가 결정되기 때문이다. 이 검사에 들어가지 않으면 처방이 나오지 않으니 제약회사 입장에서는 검사에 자신의 제품이 들어가도록 하는 수밖에 없다. 제약 부분의 기반이 약한 우리나라가 선진국 제약회사를 상대로 우위를 점할 수 있는 기회가 될 것이다.

다시 짚어보자. 스토리가 있는 상품은 어떻게 만들 수 있을까? 답은 인간에 있다. 인간이 필요로 하고, 인간이 원하는 기술을 상상해보라. 내 기술은 인간이 인식하지 못하는 질병을 기계가 알려주도록 하자는 취지로 기획되었다. 이공계를 꿈꾸는 당신은 인간의 어떤 면을 파고들고 싶은가?

인간의 한계, 인간의 약점, 인간의 행복

내가 지금까지 끈기 있게 매달린 스토리의 주제는 두 가지다. 하나는 혈액에 있는 암세포 표면에서 암의 징후를 읽어내는 것이고, 또 다른 하나는 인간의 피부 표면에서 감정의 징후를 읽어내는 것이다.

인간의 피부에서 감정을 알아내려는 연구에서 내가 주목한 부분은 인간의 오감 중 촉각이며, 이 연구는 뇌인지과학과도 연관이 있다.

만약 시각장애인이나 청각장애인에게 기술의 혜택을 제공한다면 어떤 방식이 가능할까? 인공눈이나 보청기 같은 대안이 있긴 한데, 그 방법이 전부일까? 다른 감각을 이용해보거나 들을 수 있게 도와주면 그 또한 '기술을 통한 장애 극복'에 속한다. 촉각의 시각화, 시각의 촉각화 역시 충분히 도움이 될 수 있다.

촉각은 오감에서 깊이 연구해볼 여지가 있는 분야다. 인간의 오감 중 촉각만이 입력과 출력을 둘 다 할 수 있는 감각이다. 나머지 감각기관은 모두 입력기관이다. 눈은 볼 수만 있고 코는 냄새를 맡으며 혀는 맛볼 뿐이다. 귀 역시 들을 뿐이다. 자극과 반응을 동시에 하는 감각은 촉각이 유일하다. 우리는 어떤 것이 부드러운지 그렇지 않은지를 볼 때 물건을 문질러본다. 자극과 반응을 같이 경험하는 것이다.

피부는 감각기관이기도 하지만 표현하는 기관이기도 하다. 땀이 나기도 하고 붉어지기도 한다. 어떤 노래를 듣고 감동을 받으면 소름이 돋는다. 무의식과 본능을 표현해주는 감각기관인 것이다. 청진기로 맥박과 호흡 등 소리 징후를 통해 보이지 않은 질병을 예측하고 유추하듯이, 센서를 이용해 심리적인 진단이 충분히 가능하다는 게 내 구상이라고 할 수 있다. '감정 청진기'라고 하면 그럴듯할까?

인간이 느끼는 추위와 더위 등 열적 쾌적감을 알아내고자 하는데, 같은 온도라도 적도에서 온 사람은 춥다고 하지만, 북극에서 온 사람은 덥다고 한다. 따라서 사람이 느끼는 추위와 더위는 온도와 상관이 없다. 그러나 적도에서 왔든 북극에서 왔든, 모든 사람에게 덥거나 추울 때 나타나는 현상은 똑같다. 그렇다면 온도나 습도 측정이 아니라 사람에게 나타나는 현상을 보는 것으로 그 사람이 더운지 추운지를 더 정확히 알 수 있지 않을까.

인간이 느끼는 더위와 추위는 손끝의 말단 혈류량을 측정하면 알 수 있다. 인간 손끝에서 혈류량을 측정하는 것인데, 추우면 혈류량이 줄어들고 더우면 늘어나는 점에 착안했다. 단, 감기나 분노 등으로 체온이 올라가는 경우도 있어 이를 구분하는 방법이 필요하다.

인간이 느끼는 감동을 알고자 하는 연구는 그 아이디어를 '나는 가수다'라는 TV 프로그램을 보면서 얻었다. 노래에 감동을 받으면 관객이 버튼을 누르는데, 그럴 때마다 '소름 돋는다'는 표현을 자주 쓰는 게 아닌가. 소름이 돋는 것을 감동의 척도로 보면 어떨까. 소름은 공포, 감동, 급격한 기온 변화 등이 일어날 때 생긴다. 급격한 감정 변화나 환경 변화에서 나오는 본능적인 반응이 소름이며, 인간에게 내재된 동물적인 본능 중 하나다. 그러니까 거짓말을 할 수 없는 신체적 반응이다.

나는 그 프로그램을 보면서 굳이 버튼을 누를 것 없이 소름이 돋는 정도를 측정하면 되지 않을까 싶었다. 그리고 이 아이디어를 살려, 인간 교감 기술을 IT 산업에 적용해서 인간 교감

패치, 즉 인간 피부에서 이성적(의도, 의사)·감성적(느낌, 마음) 상태에 의해 변화하는 물리적 징후를 감지하고 응답하여 인간과 이성적·감성적 교감을 실현하기 위한 패드 개발하고자 했다.

인간이 느끼는 감동의 정도를 감지하는 이 장치에는 '소름 센서'라는 이름을 붙였다. 소름 센서에 대한 논문을 발표하자, 〈타임〉 지에서 취재를 요청해왔고, 〈뉴스위크〉, 〈사이언티픽 아메리카〉 등 외국 언론에서 세계 최초의 소름 센서라며 일제히 다루어주었다. 이 소식을 듣고 미국 FBI에서 연락이 오기도 했다. 거짓말 탐기기보다 우리가 만든 소름 센서가 더 정확하다는 근거가 있다고 했다. 또 영국의 유년기·청소년기의 범죄 심리와 비행을 다루는 곳에서 청소년의 심리를 모니터링할 때 이 기술을 쓰고 싶다는 의뢰를 받기도 했다.

인간의 감정에 관한 연구는 인간이 느끼는 쾌적감, 감동, 스트레스를 종합적으로 측정하는 것을 목표로 한다. 인간의 감정 상태를 피부에서 읽어내자는 것이다. 현재 인간 피부에 나타나는 여러 가지 생체 신호가 인간의 어떤 감성과 연관되는지 임상적으로 입증하는 중이다. 즉 용도에 따른 용법을 파악하는 과정에 있는 셈이다. 측정을 해서 스트레스 지수가 100이 나올 때와 200이 나올 때, 이것이 각각 인간에게 무슨 의미인지를 파악하게 되면 실제로 활용할 수 있을 것이다. 이 부분이 입증되면 어느 기준치 이상 스트레스가 검출된 사람은 질병을 앓고 있는 것과 마찬가지가 되므로 관리나 치료 대상으로 분류하는 것이 가능해진다. 혈압을 재서 그 수치에 따라 고혈압과 저혈압을 진단하는 것과 마찬가지다.

이 기술도 결국 인간을 이해하기 위한 시도 중 하나다. 인간의 육체는 인식할 수 있는 범위를 벗어난 질병에는 속수무책이다. 감기는 금방 알아채지만 암은 인지하지 못해 중병이 된다. 암세포칩이 인간의 뇌가 인식하지 못하는 육체적인 질병을 잡기 위한 수단이라면, 감정 센서는 정신적인 건강을 챙기기 위한 수단이라 할 수 있다.

현재의 웨어러블 기술은 인간의 육체적인 상태를 측정하는 데 치우쳐 있다. 역으로 생각하면, 정신적인 상태 측정은 블루오션이다. 최근 알파고의 영향으로 인간의 논리적이고 이성적인 측면에 관심이 높아지고 있는데, 나는 인간의 감성, 감정, 마음과 같은 정신적 영역이 미래 기술의 키워드가 될 것으로 예상한다.

사람들은 정신 건강의 중요성을 쉽게 간과한다. 다이어트와 혈압, 혈당 등의 진단을 통해 육체 건강을 꾸준히 관리하듯이 정신 건강도 스트레스를 체크함으로써, 육체와 정신을 종합해 그날의 컨디션을 파악해야 하지 않을까? 인간은 육체와 정신의 결합으로 움직이는 존재 아닌가.

아직까지 정신 건강을 상시 모니터링할 수 있는 기계가 없고, 인간의 감정을 체크하여 관리할 수 있는 방법도 없다. 같은 상황이라도 사람에 따라 느끼는 감정이 다르고, 같은 사람이라도 기분과 때에 따라 느끼는 감정이 다르다. 감정 센서는 자신이 지금 어느 정도로 스트레스, 감동, 호감, 쾌적감을 느끼는지 알 수 있게 할 것이다.

1980년대에 전자 코나 전자 혀에 관한 연구가 진행되었는데, 성공하지 못했다. 감각이 주관적이라는 게 가장 큰 실패 요인이었다. 사람마다 느끼는 감각이 다르고 워낙 다양하다 보니 기계가 인간을 대신해 감각에 대한 결정을 내릴 수 없었다. 우리 기술은 인간의 느낌을 기계가 읽는 것으로 방향을 바꾼 것이다. 사람이 춥거나 덥거나 기분이 나쁘거나 감동을 받거나 하면 몸의 변화가 생기는데, 이런 변화는 일관적이다. 때문에 기계적인 판단이 가능하다.

감정 센서 연구는 뇌 연구와는 조금 다르다. 뇌에 전극을 심어서 신호를 읽는 작업을 필요로 하는데, 인간의 뇌를 마음대로 연구할 수 없다 보니 동물들이 실험 대상이 된다. 그러나 감정 센서 연구는 신체에 물리적 손상을 주지 않는 방식으로 접근하는 중이다. 또한 뇌과학이 발달되더라도 인간의 감정이 생기

암세포칩이
인간의 뇌가 인식하지 못하는
육체적인 질병을 잡기 위한
수단이라면,
감정 센서는 정신적인 건강을
챙기기 위한 수단이다.
나는 인간의 감성, 감정,
마음과 같은
정신적 영역이 미래 기술의
키워드가 될 것으로 예상한다.

는 원리를 파악하는 게 쉽지 않고, 뇌의 기능을 안다고 해도 감정을 알려면 그 사람이 자라온 환경과 경험을 모두 알아야 하기 때문에 뇌 신호를 해석하는 데 어려움이 많을 것으로 예상된다. 감정의 발생은 그 사람의 총체적인 인생을 통해 발현되기 때문이다.

앞으로의 기술은 인간의 건강, 행복, 편의를 점점 더 추구할 것이다. 몸은 피곤할 때 자고 일어나거나 휴식을 취하면 회복되지만, 스트레스는 그게 잘 안 된다. 스트레스 관리는 대다수 현대인들의 관심사다. 부가가치와 스토리가 만들어질 여지가 충분하다. 임상시험을 통해 통계학적으로 95% 이상의 유의성이 검증된 감정의 기준표를 만들어내면 그때부터 인간의 정신적 세계를 탐구하는 본격적인 스토리가 시작되지 않을까 싶다.

아이디어는 저절로 뚝 떨어지지 않는다

내 연구에서는 감정을 파악하기 위해 피부세포의 물리적인 특성을 파악하고, 암을 파악하기 위해 암세포의 물리적 특성을 관찰한다. 둘 다 상피세포를 관찰하는 일이다. 피부세포와 암세포 모두 상피세포다. 두 연구에 필요한 기술은 다를 것 같지만, 실제로는 그렇지 않다. 같은 기술이다.

생물학에서 연구하는 내용은 주로 이러하다. 예를 들어 신경과학자들은 감각을 느꼈을 때 그 자극이 어떻게 뇌에 전달되는지를 연구한다. 생명과학 분야에서 가장 기초적인 연구 형태다. 생명 현상을 감지하는 건 바이오센서나 생체 분자를 연구하는 사람들의 몫이다. 조립된 나노 크기의 기계로 생명 현상을 조절하는 일은 생명 현상에 관여해보려는 시도다. 잘못된 유전자를 바로잡겠다거나 약물로 현상을 바꾸거나 하는 유전자 치료가 여기에 해당한다. 위 두 분야가 도구를 개발하는 연구라면, 또 한 가지 분야는 제약과 의료 분야다.

혈중암세포 진단 연구는 암에 대하여 이 세 가지를 엮어내는 것이라 할 수 있다. 암 연구는 암이 어떻게 진행되는지, 혈관에서 어떻게 떨어져 나오는지, 어떻게 돌아다니는지, 돌아다니다가 언제 어떻게 암으로 성장하는지 등의 과정을 추적한다. 이후 전이를 일으키는 암세포 등 혈액 속의 암세포를 분석한 다음, 어떤 치료제를 써야 암세포가 다른 장기에 전이되지 않도록 만들 수 있는지 살펴본다. 암의 시작, 성장, 괴사를 모두 연구하니 암과 관련된 생명과학의 전 분야를 꿰어내는 작업을 하는 셈이다.

내 작업은 인간의 인식 능력을 넘어선 것을 알아내려는 시도다. 인간은 암에 걸린 스스로를 인지하지 못한다. 자신의 스트레스가 얼마나 심한지도 구체적으로 알지 못한다. 기술적으로 이런 취약점을 보완하고 싶었다.

그런데 이런 작업은 하루아침에 번뜩 아이디어가 떠올라 시도한 게 아니다. MEMS 기술을 이용한 극미세 정보 부품 개발에 10여 년을 보냈고, 그 과정에서 대두된 신뢰성 문제를 해결하기 위해 생체모방 연구와 바이오 분야로 넘어와 세포칩, 단백

내 작업은
인간의 인식 능력을 넘어선 것을
알아내려는 시도다.
인간은 암에 걸린 스스로를
인지하지 못한다.
기술적으로 이런 취약점을
보완하고 싶었다.
그런데 이런 작업은
하루아침에 번뜩 아이디어가 떠올라
시도한 게 아니다.

질칩, DNA칩 개발에 10여 년을 집중했다. 이를 통해 비장에서 백혈구, 적혈구, 노화 세포가 어떻게 파괴하는지, 생명체를 움직이는 것이 무엇인지 등을 관찰할 수 있었다. 그 이후 또 다시 10여 년 동안 그동안의 에피소드를 모아 세포의 물리적 특성을 분석하여 인간의 질병과 감정을 진단할 수 있는 연구를 통해 스토리를 만들어가고 있는 중이다. 이는 하루아침에 갑자기 나타난 것이 아니라 오랜 기간의 고민이 연결되어 도달한 결과물이다.

한편 연구 과정에서 발생하는 과학기술적 질문들에 대해 답을 구하고 우리가 개발한 새로운 기술을 입증하기 위해서는 든든한 기초과학적 지식이 필요했다. 과학 선진국들의 공통점은 기초과학이 튼튼하다는 것이다. 기초부터 차근차근 쌓아나가 현재의 응용력에 도달했기에 과학 선진국들은 저력이 있다.

반면 우리나라의 경우 기초과학 분야가 선진국에 비해 튼튼하지 못하다. 나의 경우는 국제 협력을 통해 이 부분을 해결하는 중이다. 우리나라는 세포 관련된 연구에서 DNA 분석, 단백질 분석, 유전체 분석 기술을 모두 가지고 있다. 그런데 문제는 각각 서로 다른 샘플을 분석하다 보니 결과 간 연관성을 구하기 어렵다는 점이었다. 똑같은 샘플로 세 가지를 다 봐야 확실한데 말이다. 이 기술은 체계적인 기초과학에 속한다. 그래서 하는 수 없이 이 기술을 가지고 있는 버클리 대학교에 의뢰해 이 문제를 해결했다. 우리가 샘플 세포를 보내면 버클리 대학교에서 연관관계를 분석해주는 식으로 진행했다.

암 진단과 관련해 세포벤치 기술을 예로 들어 보면, 우리의 작업은 세포를 잡아 세포 특성을 분석함으로써 암세포의 존재를 확인하는 방식이다. 이 시도 자체는 새로운 기술이다. 하지만 암세포를 입증하는 것은 세포의 표면을 살펴보는 표면 단백질 분석이라는 기존 기술을 통해 이루어진다. 또한 암세포가 어느 신체기관에서 왔는지 확인하려면 DNA와 단백질 분석이 필요하다. 환자의 한 세포로 DNA를 분석하고 다른 세포로 단백질을 분석하면 설득력이 없다. 동일한 세포로 DNA 분석과 단백질 분석이 이뤄져야 한다. 이런 부분의 설득력을 부여하는 결정적인 부분이 바로 기초과학에 있다.

버클리 대학교와의 과거 인연을 통해 어려움을 해결하고 있지만, 솔직히 미국의 과학기술을 따라가지 못하는 우리를 돌아보면 아쉽고 안타까운 마음이 든다. 한 단계씩 밟아 탄탄하게 발전해나가야 함에도 불구하고 우리는 아직도 빨리빨리만 외치는 중이다.

얼마 전 지금까지 내가 걸어온 길에 대해 세미나 요청을 받았는데, 단 세 장의 슬라이드로 요약해 프레젠테이션을 했다.

첫 장은 신뢰성, 두 번째 장은 적용성, 세 번째 장은 용도와 용법 발굴을 담았다.

지금까지 내 연구에는 300억 원 정도가 들었다. 지난 30여 년 동안 국가와 산업체로부터 받은 연구비와 투자액을 합친 액수다. 쉴 틈 없이 달려온 30여 년의 이공계 길에서 내가 동료와 후배들과 함께 나누고 싶은 것을 단 세 장의 슬라이드로 요약할 수 있었다. 연구 개발을 아무리 잘해도 우선 '신뢰성'이 있어야 한다는 것, 신뢰성을 확보했다면 단편적인 에피소드보다는 '부가가치'가 큰 스토리를 짜야 한다는 것, 새로운 스토리가 되려면 우수성도 중요하지만 '용도'와 '용법'을 작성하는 노력이 뒤따라야 한다는 것, 이 세 가지로 말이다. 각각을 아는 데 걸린 시간이 10년이었으니, 총 30여 년의 기간과 300억 원의 비용이 든 셈이다.

지금까지 30여 년 동안 연구했지만 나 역시 모르는 부분이 너무나 많다. 갈수록 아는 것보다 모르는 것이 더 많아진다는 표현이 더 적절하겠다. 들여다보면 들여다볼수록 모르는 것들이 더 많아진다. 더욱이 미세 현상은 측정을 하려고 하면 측정이라는 행위 자체가 현상을 방해해서 더더욱 파악하기 어렵다.

그럼에도 불구하고 취미가 아닌 연구를 하고, 높은 부가가치를 추구하고, 남들과 적극적으로 협력할 수 있기 위해 지향해야 하는 지점들을 짚어내는 시야는 얻었다. 이제는 더 많은 이공계 인들과 함께 이 길을 걸어나가고 싶다.

연구 결과물을 보면, 아무리 잘해도 2%가 부족할 때가 있다. 하위 2%가 50%에서 98%까지 따라잡기는 쉬운데, 나머지 상위 2%를 따라잡기는 참 힘들다. 그런데 무엇보다 이 상위 2%에 진입하는 것이 중요하다. 시장에서는 1등이나 2등이 아니라면 나머지는 차별화되지 못하기 때문이다. 기술 개발이 성과 활용으로 잘 이어지지 않는 이유를 짚어보면, 세 가지 단계 중 어느 한 가지가 소홀하거나 빠져 있다.

유감스럽게도 지금 진행되는 많은 연구들 중에는 세 단계 중 첫 번째 단계도 졸업하지 못한 경우도 적지 않다. 이 과정을 몸으로든 머리로든 아는 것과 모르는 것에는 큰 차이가 있다. 연구의 시작과 선택부터 달라진다.

많은 연구들이 스토리 없는 에피소드 개발에 집중한다. 그러나 일반적인 에피소드는 아웃소싱을 해도 충분하다. 융합 과제라는 미명하에 한 지붕 여러 가족이 생활을 하면서 어색한 동거를 하는 경우도 비일비재하다. 고양이 목에 방울을 걸어야 하는데, 방울과 고리와 줄을 만드는 연구는 있지만 누가 어떻게 고양이 목에 방울을 달지에 대해선 계획이 없는 상태다. 먼저 고양이 목에 방울을 다는 방법이 정해져야 방울, 고리, 줄을 어떻게 만들지 정할 수 있음에도 말이다.

새로운 기술에 적합한 토양과 환경을 조성한다는 것은 새로운 용도와 용법을 정한다는 말과 같은 의미다. 부가가치가 있는 무언가를 개발하는 일은 새로운 기술의 용도와 용법을 창출하는 일과 마찬가지다. 용도와 용법을 정하는 데에는 당연히 많은 시간과 노력이 필요하다.

당장 실현가능한 일은 진짜 꿈이 아닐 수도 있다. 반대로 꿈이 멀리 있다고 좌절할 필요도 없다. 과정에 투자하는 시간에 인색하지 말고, 오늘 머릿속에 있는 질문과 해결해야 할 문제에 답을 구하며 한 걸음씩 나아갈 필요가 있다.

5장

세상이 어떻게 변하든,
변하지 않는 것

중요한 것은 '왜 하느냐'이다

어떤 진로를 선택할 것인가? 이 질문에 대한 답을 찾기 전에 생각할 것들이 많다. 안타깝게도 우리 사회에서는 진로를 선택하기 전에 거쳐야 할 질문들에 대해 숙고하고 성찰할 여유를 청소년에게 주지 않는다.

진로 설정은 삶의 목적을 세우는 것에서 출발해야 한다. 목적이란 '왜 하는가'라는 질문의 대답으로, 궁극적으로 우리가 추구하는 가치와 이유를 뜻한다. 목표란 목적을 향해 갈 때 도달하고자 하는 수준의 거점이라고 할 수 있다. 우선 목적을 세운 다음에, 목표에 도달하기 위해 필요한 도구가 무엇인지 고민해야 한다. 목표를 정할 때에는 자기가 잘할 수 있는 도구를 고려해서 정하는 게 중요하다. 남의 목표가 아니라 자신의 목표를 세워야 한다. 여기서 목표는 목적을 향해 갈 때 길을 잃지 않도록 도와주는 이정표 같은 것이다.

사실 어린 나이에 인생의 목적을 설정한다는 것은 가능하지 않다. 청소년들에게 다짜고짜 "너, 꿈이 뭐야?", "장래 희망이 뭐야?"라고 묻는 건 적절한 질문이 아니다.

어린 아이에게 꿈을 물어보면 보통 직업을 얘기한다. '대통령이 되겠다'가 꿈일까? 대통령이 되는 것은 목표이지 목적일 수는 없다. 중요한 것은 '왜'이다. 목적이 중요하다. 여기서 목표라는 것은 목적을 달성하기 위해 표시해둔 어떤 이정표에 불과하다. 이를테면 자신이 많은 사람들에게 사랑을 많이 베풀고 싶다는 목적을 가질 때 목사, 신부, 사회복지사, 의사 같은 직업으로 연결된다. 그런데 학교에서는 자꾸 직업을 정하라고 한다. 꿈을 물어보는 질문은 바뀌어야 한다. "너, 뭐 하고 싶니?"가 아니라 "왜 그것을 하고 싶니?"가 올바른 질문이다.

청소년들이 자기만의 목표를 세울 때 고려해야 할 점은 단 한 가지다. '목적을 달성하기 위해 무엇을 할까?'이다. 이 질문에 적극적으로 응하면서 자기가 관심이 있고 잘할 수 있는 것을 목표로 해야 한다. 자기가 꼭 이루고 싶은 목적이 있다면, 인문학, 사회학, 자연과학 중 목적에 필요한 것을 골라 공부하면 된다. 특정 과목을 잘하는 학생들은 대부분 그 과목에 재미를 느끼고 시간을 더 많이 쓴다. 그러면 더 잘하게 된다.

내 경우는 어땠을까 떠올려보니, 어릴 적 과학자나 대학교수를 목표로 정해둔 적이 한 번도 없다. 다들 대통령 아니면 소방관이 되고 싶어 하던 시절이었다. 나는 누가 장래희망을 물어보면 모른다고 대답했다. 초등학생이 뚜렷한 장래희망을 가진다는 게 사실 가당키나 한가. 세상이 어떤지, 무엇이 있는지 알아야 꿈도 가질 수 있는 게 아닌가.

목적을 세운 다음에 할 일은 내가 잘하는 것이나 좋아하는 게 무엇인지 아는 것이다. 이때 비로소 문과니 이과니 예체능이니 하는 단어를 떠올릴 수 있다. 목적을 이루는 다양한 목표와 방법 중 무엇을 택할 것인가를 따져보는 게 바로 진로 고민이다.

많은 문제들이 이 순서를 무시하는 데에서 생긴다. 목적이 있어야 진로를 결정할 수 있다. 가고 싶은 곳이 없는 사람은 길을 찾을 수가 없고 찾을 필요도 없다. 목적이 있어야 진로를 결정할 수 있고, 그래야 무엇을 어떻게 할지 목표와 방법을 생각해볼 수 있는 것이다.

이 시대를 살아가는 교육자로서 걱정스러운 건 요즘 학생들의 능동성이 점점 줄어들고 있다는 점이다. 내가 대학원에서 공부할 때는 스스로 공부를 찾아서 하는 게 기본이었다. 그 당시 카이스트의 동료들은 성적 경쟁보다는 학업에 대한 욕심이 컸

청소년들이 자기의 목표를 세울 때
고려해야 할 점은 단 한 가지다.
'목적을 위해 무엇을 할까?'이다.
이 질문에 적극적으로 응하면서
자기가 관심이 있고
잘할 수 있는 것을 목표로 해야 한다.
자기가 꼭 이루고 싶은
목적이 있다면 인문학, 사회학,
자연과학 중 목적에 필요한 것을
골라 공부하면 된다.

다. 때문에 서로 정보를 교환하고 토론하는 데 주저함이 없었다. 덕분에 나는 서로가 어떻게 사는지, 장단점은 무엇인지 알고 지냈고, 신입생이 들어오면 같이 가르쳐주고 챙겨주는 분위기 속에서 성장했다.

요즘 학생들은 수동적으로 움직이는 경우가 많고 협업에도 소극적이다. 경쟁이 치열하다 보니 그런 측면이 생겼을 것이다. 지금은 각자 자기 살 길을 찾아가야 하는 형편인데, 목표마저 불확실하니 학생들이 긴 시간 동안 정처 없이 방황한다.

나는 이제까지 수많은 학생들을 지도했다. 온갖 학생들이 다 있었지만 크게 두 부류로 나누어보면, 긍정적인 방향으로 계속 발전하는 학생과 시련에 시련을 거듭하는 학생으로 나뉜다. 성적은 중요하지 않았다. 잘되는 학생들은 목표 의지가 뚜렷해 자기 나침반을 가지고 있는 점이 눈에 띄었다. 다른 사람과의 협업에 능하고 팀플레이에서도 강점을 보였다.

내 제자들을 보면 출신이 다양한데 그 속에 과학고등학교를 나온 엘리트들도 많았다. 그런데 이 친구들을 보면 아쉬운 생각이 많이 들었다. 전부 다 그런 건 아니지만 어떤 친구들의 삶은 부모에 의해 만들어진 인생 같다는 인상을 주었다. 이른바 초등학교 때부터 스펙을 쌓은 친구들이다. 이런 친구들은 시험은 잘 본다. 하지만 시험과 연구는 차원이 다르다.

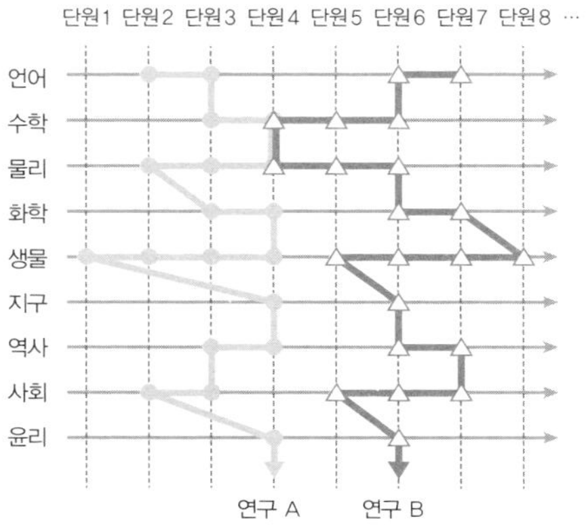

위 그림에서 표시한 사다리타기는 '혈중암세포 진단칩' 연구(연구 A)와
'인간 감정 센서' 연구(연구 B)를 예시 삼아 그린 것이다.

연구는 공부의 역순이다. 공부는 교과서를 보고 단원을 습득하는 가로 방향의 과정이지만, 연구는 내가 필요한 것을 교과서에서 찾아 얻어내는 일이다. 언어, 수학, 물리, 화학, 생물, 지구, 역사, 사회, 윤리 등의 과목이 있다면 연구가 그리는 행보는 위의 그림처럼 세로 방향의 사다리타기 같은 과정이다.

위 그림에서 표시한 연구 A와 연구B의 사다리타기는 내가 지금까지 수행해온 '혈중암세포 진단칩 연구'와 '인간 감정 센서 연구'를 예시 삼아 그린 것이다. 각각의 연구에 필요한 단원들의 접점은 과목별로 다음의 표에 적어놓았다.

	연구 A 혈중암세포 진단칩 연구	연구 B 인간 감정 센서 연구
언어	생물의학 전문 용어	뇌인지/인체생리학 전문 용어
수학	기하, 확률/통계	대수, 미적분, 확률/통계
물리	역학, 유체, 광학	역학, 열, 전기
화학	유기, 물리화학	무기, 전기화학
생물	유전자, 단백질, 세포, 장기	감각기관, 운동기관, 신경, 뇌
지구	생태 환경	기후 환경
역사	질병, 치료	문명, 문화
사회	복지사회적 법/제도	심리, 의식, 철학
윤리	생체 실험	개인 정보

연구 A(혈중암세포 진단칩 연구)와 연구 B(인간 감정 센서 연구)에 필요한 단원을 과목별 교과서에서 찾는다면 위와 같다.

부모에 이끌려 엘리트로 성장한 친구들은 이 사다리타기를 낯설어한다. 교과서는 단원 구분이 되어 있지만, 연구는 단원 구분이 없는 탐구 활동이다. 공학, 인문학, 경제학, 사회학, 법학은 앞의 사다리타기 그림에서 교과목에 해당하는데, 연구는 이것들의 접점을 찾는 활동이기도 하다. 그리고 이 경계를 넘나드는 선을 그리는 힘이 바로 창의력이다.

창의력을 키우기 위해서는 어린 시절부터 무엇을 잘하고 못했는지는 중요하지 않다. 자신이 모르는 것을 알고자 하는 지적

호기심과 소화 능력이 중요하다.

창의성의 핵심은 '길의 디자인'이다. 다른 사람과는 다른 길에서 더 나은 결과를 만들어내는 것, 다른 사람이 지나가지 않은 지점을 지나서 내 선을 그어보는 것, 그것이 창의력이다. 세상에 없는 무언가를 창조해내는 게 창의력의 전부는 아니다. 밝혀지지 않은 면을 볼 줄 아는 안목도 창의력이다. 예술가는 감각적으로 내 생각을 표현하는 일을 하지만, 이공계인은 사물에 대한 깊은 이해와 입증된 객관성을 토대로 나만의 길과 경로를 만들어내는 일을 한다.

연구를 진행하다 보면 기존의 연구 틀을 강요받을 때가 있다. 내 경로가 맞다고 판단은 되는데 제도에 의해 가로막히는 경우다. 나는 계속 부딪쳐왔다. 내가 가진 철학은, 내 목적이 나만을 위한 목적이 아니고 내 신념이 다른 사람에게 피해를 주지 않는 한, 무엇이든 목숨 걸고 신념을 지키면 한계를 벗어날 수 있다는 것이었다. 나 혼자 잘되려고 했다면 나는 지금보다 더 편하고 여유롭게 살았을지도 모른다. 하지만 그 길은 내 길이 아니었기에 갈 이유가 없었다.

인간의 성장에서 가장 중요한 일은 목적을 원대하게 키우는 데에 있다. 목적을 키운 대로 길은 찾으면 된다. 오직 나만을 위한 것이 아니라 많은 사람들을 위한 것이고, 자기 인생을 걸 만한 일이라는 생각이 들면 아무리 어려운 일이라도 할 수 있다. 생각만 해도 두근거리고 온몸을 던져 해보고 싶은 일을 찾아라. 당신이 있을 곳은 거기다.

작은 목표를 더 큰 목표 속에

인생에서 목적과 목표의 설정은 여러 차례 이야기해도 부족할 만큼 중요하다. 그러나 목적은 몰라도 목표가 반드시 원대할 필요는 없다. 목표는 당장 내 앞에 닥친 문제를 해결하는 것일 수도 있다. 그렇게 하나씩 해결해나가는 과정을 통해 더 큰 목표 속으로 들어갈 수 있다. 우리가 지금 만나는 문제는 얼마든지 달라지기 마련이다. 인생의 목표는 처음에는 다소 막연하고 희미하지만 일단 한 걸음씩 걸어나가며 점점 뚜렷한 목표를 가지게 된다.

내가 알려주고 싶은 건, 근거리 목표를 정하고 그 목표를 착실히 밟아나가는 방법이다. 또 무엇인가를 결정할 때 목표를 항상 생각해야 하는데, 그렇게 목표를 생각하고 고민하고 바꾸는 요령에 대해 알려주고 싶다.

학생들이 항상 크나큰 목표를 바라보며 생활하기란 정말 힘들다. 오히려 작은 목표들, 예를 들어 학교생활을 하면서 무슨 문제가 생기거나 반장 선거에 나가거나 하면, 그것이 당장 해결해야 할 과제가 된다. 그런 작은 목표들을 해결하면서 길게 가면 된다. 처음부터 인류의 삶과 세계적 이슈에 관해 상상하는 건 정말 얼토당토않은 이야기이다. '어떻게 하면 훌륭한 과학자가 될까' 등을 매일 상상하며 사는 사람은 없다.

우리가 시간을 어떻게 쓰는지 한번 생각해보자. 나 역시 계획된 작은 목표들을 가지고 살아간다. 오늘 해결해야 할 목표도 있고, 한 달 내에 해결해야 할 목표도 있다. 학생들은 길을 걷다가 만나게 되는 다양한 문제들을 어떤 기준으로 해결해나가면서 궁극적인 목적성을 만들어갈 것인지 고민해야 한다.

사람의 관계망으로 이 이야기를 풀어보자면, 나이가 들수록 그 관계가 더 넓고 복잡해진다. 초등학교 때 사회적 문제로 고민을 하는 아이는 극히 드물다. 초등학생이 부딪치는 문제들의 범위는 가족과 친지, 친구, 담임 선생님을 벗어날 수가 없다. 이 관계 속에서 목표의 내용이 전부 결정된다. 그러다가 중학교, 고등학교로 진학하면서 지역사회나 국가로까지 관심의 범위가 점차 확대되고, 대학교에 진학하게 되면 외국으로 시선을 돌릴 정도로 시야가 넓어진다. 각자 자신의 생각의 폭 안에서 무엇인가에 관심을 갖게 되는 것이다.

목표를 설정하는 데 있어서 풀고 싶은 좋은 질문들을 찾아내 자꾸만 길을 열어젖히는 태도를 갖출 필요가 있다. 질문에 대한 해답은 혼자 찾을 수도 있고, 여러 명이 힘을 합쳐서 찾아낼 수도 있다. 나 혼자만 답을 찾을 수 있는 문제를 찾지 말고, 큰 문제를 찾은 다음에 그 안에서 내가 할 수 있는 것과 내가 할 수 없는 것을 구분해서 누구와 함께 답을 찾을지 생각하는 게 더 낫다.

진로, 목표, 꿈 같은 것도 자신의 주위에 있는 작은 문제들을 차근차근 해결하다 보면 문제를 해결하는 과정에서 좀 더 중요한 문제가 발견된다. 처음부터 '큰 문제를 풀겠다'라고 선언하고 큰 문제를 찾는 데 너무 오랜 시간을 쓰면 지쳐서 나중에 그 목표가 모호해지기 쉽다. 꿈을 찾고 싶으면 일단 눈앞의 길을 걷는 것부터 시작해야 한다. 그리고 세상이 어떻게 변하든 그 방법대로 살면 된다. 세상이 어떻게 바뀔지에 대해 절대 두려워할 필요가 없다. 미래는 누구도 모른다. 미리 알고 거기에 맞춰 대비하는 건 불가능하다. 인생의 길은 지도가 없다. 내가 가는 길이 길이다.

목표는 달라질 수 있지만 중요한 것은 반드시 목표가 있어야 한다는 사실이다. 내일 당장 바꾸더라도 오늘의 목표는 꼭 필요하다. 바뀔 수 있더라도 일단 걸어가는 게 목표다. 목적을 세우고 목표를 따라 움직이다 보면 어렵게 어렵게 도달하더라도 결국 목적에 부합하는 방법과 아이디어를 만날 수 있다.

나의 경우는 '사람'을 목적으로 두었기 때문에 기계공학 연구부터 암 연구까지 이어질 수 있었다. 어찌 보면 휴먼테크로, 사람을 어떻게 보호할까 고민하다가 방향을 바꿔 사람을 어떻게 치료할까를 고민하기 시작했고, 그러면서 전공도 달라졌고 연구 주제도 달라졌다. 그때그때의 목표들은 내가 지향하는 삶의 목적과 주위의 압력이 복합적으로 작용해 결정되었다. 중요한 건 그것을 한 이유, 즉 '왜' 하느냐이다. 그 다음으로 중요한 것이 '무엇을'과 '어떻게'이다.

'언제'와 '어디서'는 이미 방향이 잡혀 있거나 아주 결정적인 부분은 아니어서 지나치게 매몰되어서는 안 되는 지점이다. 그런데 우리는 너무 이 부분에 집착한다. 환경은 중요하고 대학도 입시도 모두 중요하다. 그러나 지나치게 환경적인 요인만을 전부로 생각하는 건 문제다. 학생들의 인생을 수능 점수에 따라 판단할 수는 없다. 거기에 너무 목맬 필요가 없다는 말이다. 어디를 가든 목적이 있으면 얼마든지 출구가 있다.

'무빙 타깃'이라는 말이 있다. 이 말을 '이것저것 내키는 대로

목표는 달라질 수 있지만
중요한 것은
반드시 목표가 있어야
한다는 사실이다.
내일 당장 바꾸더라도
오늘의 목표는 필요하다.
바뀔 수 있더라도
일단 걸어가는 게 목표다.
목적을 세우고
목표를 따라 움직이다 보면
어렵게 어렵게 도달하더라도
결국 목적에 부합하는
방법과 아이디어를 만날 수 있다.

해보는 것'이라는 식으로 오해하는 사람도 있지만, 이런 오해는 목표 의식이 흐리멍덩할 때 나오는 태도다. 무빙 타깃은 목표가 움직인다는 것, 다시 말해 목표가 변할 수 있다는 것에 대해 암시해준다. 목표가 변하면 새로운 목표를 뚜렷이 바라보고 나아가야 한다.

단, 무빙 타깃을 추구하더라도 목표가 없으면 안 된다. 모호한 목표로 갈팡질팡해서는 아무것도 이룰 수 없으며, 길을 잃고 지치기 마련이다.

연구를 하는 학생들에게 가장 큰 스트레스는 논문 주제 정하기다. 졸업이 코앞인데 연구는 제대로 하지 않고 한숨만 쉬는 친구들이 내 주위에도 많다. 이들에게 작은 일이라도 일단 시작해보라는 조언을 건네고 싶다. 하다 보면 생각이 정리된다. 앉아서 정할 수 있는 목표는 할 필요가 없는 목표이기 십상이니, 일단 작은 일이라도 실행하는 게 낫다.

논문 주제는 관심사에서 찾으면 된다. 관심 있는 것 중에서 간단한 것부터 시작하길 권한다. 일단은 쉽게 시작해보라. 하다 보면 생각과 다른 부분, 예상하지 못했던 일들이 생기고 그 과정을 통해 의미 있는 주제를 잡는 게 가능해진다.

진로를 정할 때도 똑같다. 움직이면서 찾아야 할 꿈을 초등학교 때부터 정해놓고 거기에 맞춰 움직이라고 하는 게 과연 맞는 것일까? 꿈은 키워나가야 한다. 오늘 할 일을 하고 내일 할 일과 그 다음날 할 일을 해나가면 작은 목표들이 모여 큰 목표가 된다. 하나의 꿈을 실현하면서 좀 더 새롭고 가치 있는 꿈을 발견하는 식으로 지속적으로 꿈을 키워나가야 한다.

꿈에 더 가까운 방향으로

무엇을 하고 싶은지는 본인이 결정해야 한다. 어떤 사람도 대신 해줄 수 없는 일이다. 그림을 그리지 않고는 못 살겠다면 그림을 그려야 한다. 그런데 그런 경우는 오로지 자기가 원하는 일을 하는 것이다. 자기만을 위한 목적이라면 배가 고픈 것은 당연하다. 배가 고프지 않으려면 다른 사람이 좋아할 만한 것을 그리는 게 맞다. 그것을 타협이라고들 하는데, 그렇다고 무조건 자신의 삶을 다른 사람에게 맞추라는 의미는 아니다. 자신의 관심 안에 다른 사람의 관심이 들어가게끔 하는 게 중요하다는 말이다.

요즘 '자신이 원하는 대로 살아라'는 식의 자기계발서가 많다. 누군가에게는 맞고 누군가에게는 맞지 않는 조언이다. 자기만 좋아하는 일을 할지, 아니면 자기가 좋아하면서 다른 사람도 좋아하는 일을 할지 생각할 필요가 있다. 자신이 좋아서 하는 일을 하겠다면 뭘 해도 괜찮다. 대학을 가든 가지 않든, 무슨 전공을 선택하든 전혀 상관없다. 하지만 그런 삶을 선택했으면서 사회적으로 성공하지 못하는 것에 대해 불만을 갖는 것은 합당한 사고가 아니다.

내 경우, 사람을 위하는 일에 목적을 두었기에 목표를 정함에 있어 내가 하고 싶어 하는 일을 선택했지만, 동시에 여러 사람이 원하는 일을 하고자 했다. 자기 만족에 머물렀다면 시장을 보지 못했을 것이고 기계를 전공한 내가 전자 분야까지 공부할 이유가 없었을 것이다. 처음부터 자동차에 관심이 있었고, 자동차라는 기계가 전부 전자와 깊은 연관이 있었으므로 기계와 전자를 전부 연구하게 된 것이다.

사람들이 원하는 바가 무엇인지 그 수요에 맞춰 움직여오면서, 경우에 따라서는 다른 전공 분야를 공부하기도 하고, 혼자서 안 될 것 같은 경우에는 공동 연구를 진행하기도 했다.

목표는 계속 바뀌었지만 목적은 늘 그대로였다. 어떻게든 인간에게 도움이 되는 기술을 개발하는 게 목적이었고, 이것은 지금도 마찬가지다. 암에 관한 연구를 할 때 다른 의사들과 협업이 잘되는 이유도 그들의 목적이 나의 목적과 같기 때문이다.

의사들의 목적은 한 명이라도 환자를 더 살리고 싶은 것이고, 나도 그러하다. 의사들이 암 환자를 만났을 때 겪는 가장 큰 어려움은 어느 약을 처방하면 더 좋을지 정확히 모른다는 점이다. 이 기술의 개발을 반길 수밖에 없다.

그리고 어떤 일을 할 것인지 말 것인지를 정할 때는 치열한 분석이 전제되어야 한다. 이미 누가 해놓은 일에 뛰어들면 '나도 했다' 정도로 끝난다. 더욱이 '나도 했다'라는 선언을 할 때쯤엔 선행자들은 이미 나보다 훨씬 더 앞서 있다. 가치의 측면에서, 그들을 확실히 이길 자신이 없다면 처음부터 하지 않는 게 좋다.

더불어 정답이 아니더라도 최선의 대안을 제시할 수 있는지를 면밀히 검토하는 과정을 필수적으로 밟아야 한다. 때문에 나도 암 진단 기술에 뛰어들 때 기존 기술과 우리 기술의 차이점을 확인하면서 어떤 방향으로 나아갈지를 끊임없이 확인했다. 비슷한 아이디어와 특허를 파악해서 변별점을 분석하고 정리하면서, 시작할지 말지를 결정하는 데에 시간을 아낌없이 투자했다.

분석을 할 때의 포인트는 크게 세 가지인데, '해결하고자 하는 문제가 무엇인지', '누가 필요로 하는지', '이것의 가치는 무엇인지' 등이 그것이다. 부가가치는 필요로 하는 사람의 숫자와 상품의 경쟁력에 달려 있다. 많은 사람들이 원할수록 시장은 클 수밖에 없다. 그 다음으로 문제를 해결할 대안이나 방법과 관련해 내가 가진 기술의 수준과 경쟁력을 따져봐야 한다. 역량에 따라 혼자 할 수 있는 건 혼자 하고, 혼자 할 수 없는 건 다른 사람과 함께 해야 한다.

그러므로 연구는 방법보다 목적과 목표가 훨씬 중요하다. 목적과 목표에 따라 방법은 달라진다. 목적부터 어긋나면 뒤따라오는 모든 과정과 협업이 뒤엉켜버리고 만다. 최근의 연구 방법은 서로 다른 전문가들이 여러 분야의 기술을 융합해서 같이 연구하는 방식을 취한다. 그렇다 보니 융합의 방법론에 관한 다양한 담론이 쏟아지기도 한다. 하지만 내 관점에서 보면, 융합 연구 추진에서 가장 중요한 건 융합의 방법이 아니라 목표 관리다. 그러나 안타깝게도, 대부분의 융합 연구에는 목표 관리가 없다. 여러 사람이 협업을 하는 목적은 역량과 경쟁력을 높이기 위해서다. 진행하는 과정에서 항상 목표를 향해 가고 있는지 점검하고 관리할 필요가 있다.

도전적이고 새로운 연구일수록, 목표를 처음부터 명확히 세울 수는 없다. 목표는 가면서 점점 더 구체화되는 것이다. 중요한 건 가는 방향이 목적을 향해 가는 방향이냐이다. 그래서 내가 가고자 하는 방향으로 갈 수 있게 해주는 나침반이 필요하다. 지도가 없는 길을 간다고 하더라도 나침반은 가지고 가야 한다.

나는 생각하고 결정하는 방식이 단순하다. 이메일을 받으면 그 이메일에 대한 반응을 그 자리에서 바로 결정한다. 내일은 내일의 일이 생기기 때문에 가능한 한 오늘 즉시 한다. 오늘 하지 않으면 안 하겠다는 말과 같다고 여긴다. 오늘 이 일이 목적과 목표에 부합하는가 그렇지 않은가에 따라 할 일과 하지 않을 일을 결정한다. 결정의 포인트가 단순해지면 다른 사람과의 소통도 쉬워진다.

또 나는 교수로서의 개인적 이익으로부터도 자유로워지려고 노력한다. 교내 회의에서 학생들에게 불리한 규칙을 만들면 "당신 자식이면 그렇게 하겠는가. 나는 못 하겠는데, 당신이 그렇게 하겠다면 마음대로 하라"라고 항의한다. 그러다 보니 나를 불편해하거나 싫어하는 교수도 있다.

살아보니, 내 이득을 앞세우면 되는 일이 하나도 없다. 내가 하는 암 연구에서도 한 번도 내 이득 때문에 욕심을 내본 적이 없다. 이런 식의 연구에서는 보통 연구비의 상당 부분은 주관기관이 가져간다. 마음만 먹으면 내가 많은 연구비를 가져갈 수 있는 구조다. 그러나 나는 최소한의 비용만 취하고 나머지는 목표 달성에 필요한 연구 참여자들에게 분배한다. 이기심을 버릴

목표를 처음부터
명확히 세울 수는 없다.
목표는 가면서 점점 더
구체화되는 것이다.
중요한 건 가는 방향이
목적을 향해 가는 방향이냐이다.
그래서 내가 가고자 하는 방향으로
갈 수 있게 해주는
나침반이 필요하다.
지도가 없는 길을 간다고 하더라도
나침반은 가지고 가야 한다.

때 사람들의 신뢰가 생기고 리더십도 만들어진다. 연구비는 성과의 부가가치를 높이기 위한 것이므로, 성과의 부가가치를 위해 연구비 욕심을 버릴 필요도 있다. 어쩌면 그러는 것이 결국 더 큰 욕심을 꾀하는 것인지도 모른다.

내가 하는 일이 다른 사람을 위함인가, 아니면 나 스스로를 위함인가? 무슨 일을 하든 이것에 대해 스스로에게 끊임없이 질문하며 모니터링을 해야 길을 잃지 않는다. 아무리 열심히 달려가도 내가 가고자 하는 목적과 반대 방향으로 가고 있다면 그게 무슨 의미가 있겠는가? 그런 경우라면 아예 길을 떠나지 않는 게 나았을지도 모른다.

내일 선택할 것이 더 많아지는 선택

대체로 사람들은 적성을 판단하고 학과를 선택할 때 적성검사와 각 과목별 점수, 전체 성적을 토대로 결정한다. 물론 그런 것들도 중요하지만 내가 특별히 고려하는 요소가 하나 더 있다. 지금의 결정이 다음 단계의 결정에 얼마만큼 자유를 주느냐와 관련된 것이다.

일단 자신이 관심이 있는 영역으로 진입했더라도 그 다음 단계에서 무엇을 선택해야 할지 결정하기가 어려워질 수 있다. 이럴 때 나는 '오늘 어떤 선택을 해야 내일 선택할 게 더 많아질까'를 놓고 선택지를 들여다본다. 무엇을 선택해야 할지 잘 모르는 경우, 선택지가 넓어지는 선택이 최적의 선택이다.

자기 목적과 타협하라는 게 아니다. 당연히 처음 생각한 지점으로 최선을 다해 달려가야 한다. 다만, 목표는 지금 아무리 확실하다고 하더라도 내일 상황에 따라 바뀔 수 있다. 그렇다면 목적은 유지하되 바뀐 목표에서 선택할 수 있는 또 다른 목표와 기회가 많을수록 유리하다. 이때 그 다음 선택할 수 있는 목표와 기회가 시간에 따라 없어질 수 있는 것인지도 고려해야 한다. 모든 것에는 때가 있기 마련이기 때문이다.

과거에 내가 하고 싶은 A라는 연구가 있었다. 그런데 A 연구는 연구비를 확보하지 못한 상태였다. 그때 어느 연구사업에서 B 연구를 하면 충분한 연구비를 제공하겠다고 제안하는 게 아닌가. 그런데 B 연구는 내가 예전에 이미 했던 연구라서 인생 낭비라는 생각이 들었다. 게다가 연구는 나 혼자 하는 게 아니라 학생들과 함께 하는 것인데 혁신적이지 않은 연구를 학생들에게 하도록 권하고 싶지 않았다.

결정적으로 연구비만을 보고 B를 잡으면 A를 연구할 시간과 가능성은 사라진다는 것이 마음에 걸렸다. 경제학에서 이야기하는 이른바 '기회비용'을 생각한 것이다. 그래서 아무리 어려워도 B 연구를 하지 않는다는 것을 선택했다. '연구비 확보'라는 꽤 중요한 목표 하나를 포기한 것이다. 대신 나는 A 연구를 준비하기로 했다. 그렇게 손을 비워놓았기에 2년 후 A 연구를 할 수 있는 기회가 왔을 때 그 기회를 잡을 수 있었다.

일단 자신이
관심이 있는 영역으로
진입했더라도
그 다음 단계에서
무엇을 선택해야 할지
결정하기가 어려워질 수 있다.
이럴 때 나는
'오늘 어떤 선택을 해야 내일 내가
선택할 게 더 많아질까'를 놓고
선택지를 들여다본다.

물론 연구비를 받지 못하면 여러 가지로 힘들어진다. 학생들을 책임지는 교수가 연구비를 받지 못하면 학생들을 지원할 수가 없다. 그게 특히 어렵다. 그럼에도 금전적 문제로 고민할 때 연구에 대한 신념을 지켜준 것은 바로 나와 학생들의 목표를 바꿀 수 없다는 생각이었다.

평소에 대안은 늘 구축해야 하고 그것이 가능한 방향으로 꿈을 설계해야 한다. 계획대로 되지 않을 때를 대비할 필요가 있다. 최선을 다하고 있지만 지금 진행하는 암 연구도 잘 안 될 수 있다. 그러면 어떻게 해야 할까? 그럴 때 이 기술은 화장품 트러블 진단과 같은 기술로 전환할 수 있을 것이다. 상피세포의 변화를 관찰할 수 있는 전자칩 하나면 충분하다. 화장품 매장에서 이 기술을 활용해 매장을 찾은 고객에게 그 자리에서 어떤 제품이 피부 트러블이 가장 적은지 알려줄 수 있을 것이다. 남녀를 가리지 않는 화장품 수요를 생각해보면 충분히 수익을 창출할 수 있다.

건강식품이나 한약에도 우리 기술을 응용할 수 있다. 우리나라 사람에게 국내산 인삼과 중국산 인삼 중 더 효능이 좋은 것은 무엇일지 어떻게 알 수 있을까? 국산에 대한 막연한 믿음 외에는 객관적인 증거는 아무것도 없다. 우리나라 인삼과 중국 인삼을 표준 위장세포나 대장세포에 넣어보고 효과를 측정하면 그 결과가 정확히 나온다. 이런 식으로 모든 건강식품 시장에 이 기술을 대입할 수 있을 것이다. 대체의학의 정확한 효능을 이 기술이 밝혀낼 수 있을지도 모른다.

이외에도 약 부작용 사전 스크린, 태아의 기형아 진단 등 이 기술의 활용 방안은 무궁무진하다. 이 가운데 기형아 진단은 양수를 뽑아 양수 안 상피세포의 DNA를 분석하는 방식이 가능해 이미 병원 쪽으로부터 기술을 제공해달라는 제안을 받았다. 더불어 이런 모든 기술 개발에 우리 팀이 관여할 필요도 없다. 원하는 사람에게 라이센스를 주고 로열티만 받으면 된다.

때로는 선택이 너무 힘드니 부모가 뭐든 정해줬으면 좋겠다는 청소년도 있다. 성인이 되어서도 결정 장애에 시달리는 사람이 부지기수다. 불행한 인생이다. 선택은 자율적으로 살아가는 인간만이 누릴 수 있는 소중한 권리다. 더 자유롭고 더 능동적으로 살아갈 수 있는 자신의 가능성을 믿고 자기 의지로 인생의 항로를 선택하길 바란다.

내 꿈과 남의 꿈을 합치면 더 큰 꿈이 된다

어렸을 때 인상 깊게 읽은 책 중에 아리시마 다케오라는 일본 작가의 『아낌없이 사랑은 빼앗는다』라는 작품이 있다. 잘 알려지지도 않았고 얇은 책이다. 보통 사랑은 아낌없이 주는 것이라고 하는데, 이 작가는 거꾸로 사랑은 뺏는 것이라고 말했다. 누구를 사랑한다는 것은 그 사람에게 있는 모든 특징을 내가 가져와서 내 속에 그 사람을 만드는 것이라는 주장이다. 그렇게 되면 그 사람은 내 속에 또 하나가 있는 셈이니 뺏을수록 존재가 커진다는 이야기였고, 그것에 깊이 감동했던 기억이 난다.

내 꿈에 다른 사람의 꿈을 많이 품어야 한다. 내 꿈을 가능한 많은 사람의 꿈과 만나게 해서, 서로 좋은 영향을 줄 수 있는 아이디어에 함께 접근할 때 더 많은 가능성이 생겨난다. 한 나라,

한 대륙, 나아가 전 세계 모든 사람을 대상으로 상상하라. 그 정도 스케일이라면 당연히 혼자로는 안 된다. 자기 혼자 북 치고 장구 치면 자기는 만족시킬 수는 있겠지만 우물 안 개구리에 머물 뿐이다.

결국 큰 꿈을 향해 가는 연구에서 중요한 건 소통과 협력이다. 과정이 폭력적이고 독재적인데, 많은 사람에게 긍정적인 영향을 미치는 결과물을 만들어내는 게 과연 가능할까? 아무리 그럴듯해 보여도 다른 사람을 괴롭히고 다른 사람의 꿈을 망치는 방법으로는 큰 꿈을 이룰 수 없다.

내게는 존경하는 스승이 세 분이나 있다. 이 중 두 분은 중학교 때 만난 이경동 수학 선생님과 김두원 영어 선생님이다. 은퇴할 때 찾아뵙기도 했고, 아직도 연락을 주고받는 분들이다. 나뿐만 아니라 많은 학생들의 존경을 받는 분들이다. 수학 선생님은 무섭고 엄격하신 분이었고, 영어 선생님은 자상하신 분이었다. 성향은 달라도 두 분의 마음은 똑같았다. 자기 자식을 챙기듯 학생들을 생각하고, 아플 땐 자신이 아픈 것처럼 마음 아파하고, 좋은 일이 있으면 자기 일처럼 기뻐했다. 휴일에는 학생들을 따로 불러내 맛있는 것을 사주시기도 했다.

두 분이 스승의 마음으로 나를 이끌어주셨다면, 다른 한 분은 동료이나 선배처럼 나와 인생을 함께하는 분이다. 바로 유학 시절 내 지도교수였던 앨버트 피사노Albert P. Pisano 교수다. 한없이 긍정적인 분이다. 그 교수님 연구실 문에는 다음과 같은 문구가 적혀 있었다. "염려는 세상에서 가장 쓸데없는 짓이며 걱정을 하느니 잠이나 자라, 걱정은 네 것이 아니다."

피사노 교수는 무엇보다 솔선수범의 전형이 되는 분이다. 학생들에게 아무 요구도 하지 않고 학생들보다 연구실에 먼저 나와 가장 늦게 연구실을 나서는 분이었다. 딱 한 가지 지도하신 건 연구의 목적 설정과 그 목적에 맞는 해결 방법이다. 공부를 하다 보면 학생들은 목적과 달리 편하게 접근할 수 있는 방법을 택하기도 하는데 그럴 때마다 목적에 맞지 않는 방법은 버려야 한다고 날카롭게 지적해주었다.

내가 그 교수님에게 배운 것 가운데 평생의 가르침으로 남아 있는 한 가지는 '소통의 중요성'이다. 교수님은 언제나 수업에서 발표를 강조했는데 연구를 잘하는 것만큼이나 연구를 남에게 알리는 것이 중요하다고 입버릇처럼 말했다. 논문이나 발표 자료를 준비해가면 종이 가득히 빨간 줄과 수정 사항을 적어놓음으로써 논문과 발표의 기본을 가르쳐주었다. 자칫 연구실에 파묻혀 홀로 연구할 수도 있었던 나는 교수님을 통해 적극적인 커뮤니케이션이 가능한 이공계인으로 거듭났다.

나는 학창 시절 피사노 교수를 통해, 리더란 나를 따르라고

내 꿈에 다른 사람의 꿈을
많이 품어야 한다.
내 꿈이 가능한 많은 사람의 꿈과
만나게 해서
좋은 영향을 줄 수 있는
아이디어에 함께 접근할 때
보다 많은 가능성이 생겨난다.
한 나라, 한 대륙, 나아가서는
전 세계 모든 사람을 대상으로
상상하라. 그 정도 스케일이라면
당연히 혼자로는 안 된다.

하는 사람이 아니라 목표를 따르라고 하는 사람임을 배웠다. 사람들이 제대로 목표를 따라가도록 조언해주는 게 리더의 몫이라고 말이다. 무작정 나를 따르라고 하는 사람은 요즘 세상에 자칫 사이비종교 교주로 오해받기 쉬울 것이다. 나도 틀릴 때가 있는데 사람들보고 나를 따르라고 하다가는 자칫 모두를 망가뜨릴 수 있다. 목표를 분명히 하고 이에 동의하게 하면서 사람들이 목표를 따라가면 그대로 두고, 잘 안 될 때에는 대화하고 격려해주는 게 리더의 소임이다.

'책임을 진다'라는 말을 곡해해서는 안 된다. 책임자라고 해서 모든 임무를 자신이 다해야 한다고 착각하지 말자. 일이 되게 하는 사람이 책임자다. 모르는 일들에 대해서는 실행 방안을 정하고, 가장 잘하는 사람에게 묻거나 맡길 때 일이 만들어지는 것이다. 책임자 혼자 다해도 괜찮은 일이라면, 그 일은 협업이 필요 없는 작업이며 잘못된 길로 끌고 가는 것이다. 개인으로서 할 일은 책임감 있게 추진하면서 자신이 할 수 없는 일들은 신뢰와 소통을 기반으로 협업하기, 이것이 여러 사람들이 함께 하나의 일을 꾸려나갈 때 지켜야 할 기본이다.

나는 교수로서 학생들을 지도할 때, 내 지도교수였던 피사노 교수에게 배운 대로 엄격함을 유지하되 늘 솔선수범하려고 노력한다. 학생들의 자율성을 보장해주기 위해 가급적이면 마주치지 않고 연구실 출퇴근 시간도 체크하지 않는다. 강의는 일주일에 3시간뿐이지만, 대신 매주 한 번씩 모든 학생들과 15분 정도 1:1 면담을 진행한다. 지도 학생이 열 명이 넘어가니 면담하는 데만도 시간이 꽤 걸린다. 이 면담은 연구에 한정된 것이고, 학생이 논문을 쓰는 경우는 따로 시간을 잡아 지도한다. 시간을 별도로 잡지 않으면 학생들과 만날 시간이 생기지 않으므로 학생들을 위한 시간을 꼭 마련한다. 단, 학생이 할 말이 없다면 스케줄을 억지로 잡지는 않는다.

이 원칙은 학생들과의 관계에서만 해당하지는 않는다. 연구자로서 연륜을 쌓다 보니, 이제 어떤 자리에 가도 연장자나 위원장의 위치에 서는 경우가 많아졌다. 그럴 때마다 사람들의 의견을 충분히 들으며 되도록 솔직히 소통하고 그 안에서 신뢰를 쌓으려 한다. 문제점을 굳이 숨기기보다는 그대로 드러내되, 진정성 있게 다가서서 이해를 구하려고 노력한다.

내가 일하는 것을 보고 다른 사람들은 "어떻게 당신처럼 지치지 않고 할 수 있는가"라고 묻기도 한다. 몰라서 그렇지, 내가 일에서 겪는 만족감은 모든 스트레스를 상쇄하고도 남는다. 무엇보다 나는 열과 성을 다해 나와 협력하고 참여하는 사람들의 모습에서 힘을 얻는다. 꿈과 꿈이 겹쳐지는 과정은, 그것에 참여하는 것만으로도 큰 힘이 된다.

다른 사람과 협력할 수 있느냐 없느냐의 차이

꿈을 한정하지 말자. 자기가 가진 것이 내가 품을 수 있는 꿈의 전부가 아니다. 역량도 마찬가지다. 내 역량으로 꿈에 도달할 수 없다면 다른 사람의 역량과 합치면 된다. 꿈은 그런 가능성들을 모두 염두에 두고 꾸는 것이다. 그리고 큰 꿈은 구체화시키는 과정에서 자연스럽게 현실적인 크기로 다가온다. 처음부터 '내가 할 수 있는 것만 해야지'라고 마음먹을 필요가 없다.

오늘 할 일은 사소한 것이라도 꿈은 크게 꾸어야 한다. 나 혼자 잘난 맛으로 인생을 걸어간다면 꿈이 작아질 수밖에 없다. 아무리 똑똑한 사람도 혼자서 할 수 있는 일의 범위는 한정적이다. 나도 마찬가지다. 마이크로머신과 기계공학의 전문성만으로 암 진단을 하는 건 당연히 불가능하다. 만약 다른 사람 손을

빌리지 않고 혼자서 다 해나가겠다고 마음먹었다면 지금 하고 있는 내 연구는 상상만으로 끝났을 것이다. 그런데 혼자 하지 않고 내가 가진 역량과 다른 사람이 가진 역량을 합쳐보았더니 내 역량 이상의 꿈을 꿀 수도, 더 큰 스토리를 쓸 수도 있게 되었다. 이공계 분야에서 혼자 써내려가는 스토리는 많은 사람들이 원하는 스토리가 되기 힘들다.

협업은 무척 힘든 일이다. 소통하려면 만나야 하고, 그러려면 시간과 노력을 들여야 한다. 서로 간섭하지 않고 혼자 연구하면 몸도 편하고 마음도 편한데 말이다. 사실 그렇게 한다고 별 문제가 있는 것도 아니다. 다들 그 사실을 알아서인지 흉내만 내는 융합 연구가 흔하고, 필요에 의해 자발적으로 만나고 엮이는 연구는 우리나라에 그리 많지 않다. 간혹 소규모 단위 과제로 융합을 하는 프로젝트가 있긴 하다. 그러나 여러 개의 세부 과제가 하나의 목표를 향해 연합하여 진행되는 연구는 거의 없다.

동일한 목표를 향한 융합 연구는 위험(리스크)이 크다. 어느 한쪽만 잘 안 되어도 전체가 무너지는 구조를 갖고 있다. 그래서 수시로 소통하면서 각자의 책임과 의무를 서로 분명하게 하는 과정이 필요하다. 소통의 과정이 번거롭더라도 융합을 주도하는 사람은 팀원들에게 당신이 무너지면 팀 전체가 무너진다는 인식을 확실히 심어주어야 하고, 팀원들은 다른 팀의 일이 내 일이라는 마음으로 관심을 갖는 동시에 적극적으로 정보를 교류해야 한다. 팀워크를 형성해가는 방식은 많은 시간과 노력을 요한다는 단점이 있지만, 다행히 궁극적으로는 더 나은 연구를 가능하게 한다.

많은 사람들의 의견을 조율해 하나의 결승점으로 달려나가는 일은 당연히 쉬운 일이 아니다. 특히 팀의 흐름에 잘 따라오지 못하는 그룹이 발생하면 여러모로 신경이 쓰일 수밖에 없다. 어느 모임에나 그런 그룹은 생기기 마련이다. 그들까지 함께할 생각을 하는 것이 리더의 마음가짐이다. 그 그룹이 자신의 그룹이라 생각하고 돕고 격려하며 때로는 부족함을 인정하면서 한 단계씩 올라가는 게 정석이다.

내 경험으로 볼 때 융합 연구에서 가장 중요한 것은 신뢰와 존중을 기반으로 한 소통이다. 이는 아무리 강조해도 지나치지 않다. 그런데 애초에 서로에 대한 이해가 부족하고 목적 자체가 다르면 같이 일할 수가 없다. 알다시피, 내 연구의 목적 자체가 많은 사람들의 꿈을 이루고 공감을 얻는 것이다. 다수의 공감을 얻고자 하는데 정작 같이 일하는 사람과 소통이 안 된다면 그 목적은 허황된 것 아니겠는가.

그러다 보니 융합팀을 구성할 때 첫 번째로 따지는 게 소통

역량이다. 연구에 참여할 연구자를 찾을 때면 그 분야에서 협업을 많이 해본 사람을 찾아가서 추천을 부탁한다. 말이 통할 수 있는 사람인지 협업이 가능한 성향인지 확인하는 과정을 거치는 것이다.

특히 사람을 위한 기술을 만들어내는 과정은 사람에 대한 이해와 설득이 전부라고 생각한다. 수많은 사람을 내 기술로서 설득시켜야 하는데 지금 과정에서 마주치는 소수의 사람들조차 설득시키지 못한다면 연구에 성공할 수 없지 않을까. 자신의 이득을 취하거나 의사결정을 독점하는 방향이 아니라, 다른 사람을 설득하고 이해시키는 방향이 더 올바른 방향이다. 의사결정을 독점하면 더 빨리 갈 수 있겠지만, 결국에는 힘들어도 올바르게 가는 것이 지름길이다.

갈수록 사회가 복잡해지고 과학기술 또한 복잡해지고 있다. 이제는 큰 스토리가 아니라 작은 에피소드 하나만 쓰려고 해도 여러 명이 모여야 한다. 요즘에는 기초과학 부문에서도 아무리 대단한 발견이라 하더라도 스토리가 없으면 노벨상을 받기 어렵다. 대단한 발견도 그 현상을 실현할 수 있는 도구까지 만들어야 진정한 성과가 되는 것이다. 예를 들어 MRI의 원리만 밝혀내는 게 전부가 아니라, 실제 그 방식으로 인체를 촬영할 수 있는 기계까지 만들어내야 한다. 그런 작업은 과학자 혼자 할 수

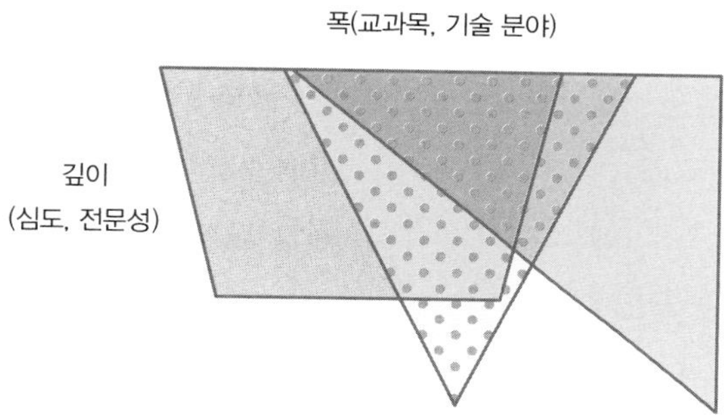

역량은 자신의 소질과 능력에 따라 다양하게 만들어나갈 수 있다.
위 그림은 폭과 깊이가 각기 다른 사람들의 역량을 다각형들로 나타낸 것이다.

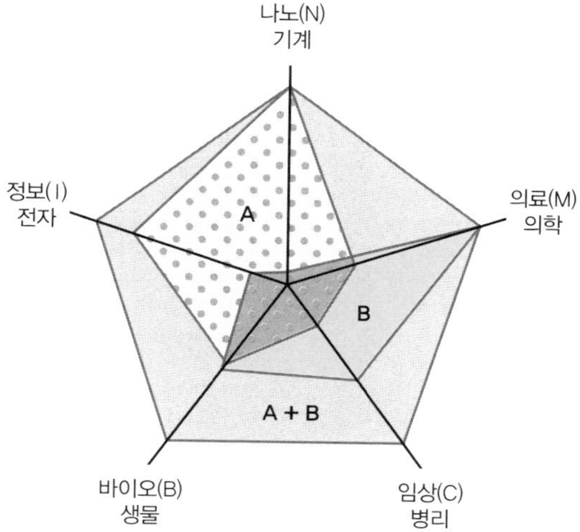

서로 다른 역량 다각형 A와 B가 융합하면,
역량의 상호보완뿐 아니라 역량의 확장도 이뤄진다.

꿈을 한정하지 말자.
자기가 가진 것이
내가 품을 수 있는 꿈의
전부가 아니다.
역량도 마찬가지다.
내 역량으로 꿈에 도달할 수 없다면
다른 사람의 역량과 합치면 된다.
꿈은 그런 가능성들을
모두 염두에 두고 꾸는 것이다.

없다. 때로는 기계나 전기 기사들과도 함께해야 가능한 일이다.

최근 연구기관들의 분위기가 이러한 흐름에 역행하는 모양새를 취하고 있어 여간 걱정스러운 게 아니다. 예전에는 하나의 연구팀에서 선후배 또는 전후임 사이에 연구가 대물림되는 경우가 잦았다. 지금까지 한 연구를 계승해 발전시키는 식이다. 소통이 활발해질 수밖에 없었다. 그런데 요즘은 프로젝트 위주의 연구가 대세라서 수시로 연구 주제가 바뀌다 보니, 선배 또는 전임자에게 물려받을 것이 없다. 사제 관계, 선후배 관계라는 의식이 희박해지고 고용 관계만 남아 있는 느낌이다. 협력의 지속성, 연구의 연속성, 노하우의 축적 측면에서 이런 상황은 안타까울 수밖에 없다.

내가 미국에서 한국으로 돌아와서 MEMS 공정 교육 프로그램을 개설할 때, 가장 먼저 신경 썼던 부분은 선후배 간의 협업 체계 구축이었다. 더욱이 MEMS는 말로 배우는 게 아니라 장비를 써야 하기 때문에 학생들에게 장비 교육을 따로 시켰는데, 석사 과정 신입생 한 명당 박사 과정 선배 세 명을 붙였다. 선배가 후배에게 전체적인 공정을 가르쳐주게 하고, 그 후배는 다음 후배를 가르쳐주게 한 것이다.

초기 암 연구를 할 때의 일이다. 칩의 성능을 높이기 위해 골머리를 앓고 있었다. 우리 칩은 한 번 뽑은 혈액에서 80%의 확률로 암세포를 잡아내고 있었는데, 더 많은 암세포를 얻기 위해 이를 90%의 확률로 높여야 했다. 그때 지나가던 의사 한 명이 나한테 한 마디를 툭 건넸다. "피를 두 번 뽑으면 되는데 왜 고민하세요?" 그 말을 듣고 무릎을 칠 수밖에 없었다. 기술자적 마인드로 성능 개선에만 집착하다 보니 간단히 해결될 수 있는 상식적인 방법마저 놓치고 있었던 것이다. 이런 사소한 깨달음조차 서로 다른 영역의 두 사람이 한 자리에 있었기에 가능했다.

이공계의 길을 걸으며 누군가의 좋은 스승, 좋은 제자, 좋은 리더, 좋은 팀원, 좋은 선배, 좋은 후배, 좋은 친구가 되자. 그러면 그 관계 안에 당신의 꿈을 실현할 기회가 생길 것이다.

학부모들이여,
옛날에 그랬다고 미래도 그럴까?

학부모들이 가장 실수하는 부분은 자신의 학창 시절을 기준으로 자녀를 대한다는 사실이다. 지금과 그때는 다르다. 취업 환경부터 사람들의 정서, 중요한 가치가 변했다. "내가 대학 다니던 시절에는 이랬다"라는 말을 과거에 자신도 듣기 싫어했으면서, 자신의 아이에게 똑같이 말하는 사람이 많다.

내가 한국과학원에서 석사학위를 받았을 당시에는 지금과 달리 졸업 후 취업 걱정이 없었다. 직장을 골라서 선택할 수 있던 시기였다. 석사만 마쳐도 대학교의 전임강사가 될 수 있었고 연구소나 산업체도 골라서 취업할 수 있었다. 정 마땅한 곳이 없으면 유학을 가면 그만이었다. 그렇다 보니 석사를 마치고 취업하는 학생이 대부분이었고 박사 과정에 진학하는 인원은 소수였다. 그런데 지금은 취업이 만만치 않으니, 많이들 박사 과정을 밟는다. 지금 카이스트 졸업생들은 취업 걱정까지는 안 하지만, 그때처럼 원하는 곳을 골라서 갈 상황은 못 된다. 박사 과정을 마쳐도 과거만큼의 대우를 받기는 힘들다. 아마 그런 맥락에서 지금 학생들의 취업 고민은 내 경우보다 훨씬 클 것이다.

과거의 틀 안에 가두면 창의성은 발현되지 못한다. 자신의 잣대로 아이를 통제하지 말고 그들이 자기 목적대로 하게 내버려두라. 뭔가를 하다 보면 진로는 만들어진다. 대부분의 위대한 발명은 발명가가 위대한 발명을 하기 위해 시도한 게 아니다. 제임스 와트James Watt가 획기적으로 개량하여 상품화한 증기기관은 광산에 들어찬 물을 펌프로 뽑으려고 하다가 만들어낸 발명품이다. 이것은 이후 증기기관차로 발전했다. 이처럼 대개 위대한 일은 과거의 가르침에 따르거나 원대한 꿈을 이루려고 해서 되는 것이 아니라, 자기 주변의 문제를 해결하다가 자연스럽게 이루어지곤 한다.

기성세대의 지식은 대체로 진화하는 사회적 요구를 따라가지 못한다. 오히려 구식의 인프라나 의식 구조에 갇혀 새로움을 가로막기 일쑤다. 에디슨이 처음에 전구를 발명했을 때도 그것이 세상에 쓰이기까지는 많은 시간이 필요했다. 당시에 기존 가스등을 전구로 교체하려던 시도는 기성세대가 볼 때 무모하고 어리석기 그지없는 것으로 보였다. 당시 에디슨조차도 미래가 어떻게 바뀌어갈지 정확히 예측하지 못했다. 이처럼 미래는 현재가 만들어놓은 가치에 무수한 균열을 내면서 만들어진다.

더구나 요즘 같은 시대에는 기존의 것을 모범답안으로 생각하고 그 안에서 사고해서는 안 된다. 미래는 없던 것이 생겨나기에 미래다. '예전에는 이러했으니 이런 방식을 더 발전시켜라'라는 건 자녀를 자신의 대체품으로 생각하기에 나오는 말이다. 청소년은 부모가 했던, 혹은 하고자 했던 역할을 할 존재가 아니다. 청소년의 인생은 신제품이다. 새로운 목적을 따라 새로운 방식으로 새로운 길을 찾아야 한다.

학교 선생님, 대학 교수도 마찬가지다. 아는 것만 가르쳐서는 학생을 미래와 만나게 해줄 수 없다. 아는 것만 가르치는 교사는 복제품 공장의 CEO와 다르지 않다. 모르는 것도 가르쳐야 한다. 자신이 배우든, 누군가를 데려오든 자신의 지식만 털어놓는 수업이 아니라, 학생의 필요에 따라 새로운 지식을 공급하고 미래를 꿈꾸게 하는 능동적 교육자가 되어야 한다. 그것이 진정한 교사다.

성공에 대한 판단은 자기 자신밖에 내릴 수 없다. 주위의 평가는 중요하지 않다. 내가 가진 목적에 도달했으면 성공, 그렇지 않으면 실패다. 그렇기 때문에 금메달을 따도 실패, 경기에

청소년은 부모가 했던,
혹은 하고자 했던
역할을 할 존재가 아니다.
청소년의 인생은 신제품이다.
새로운 목적을 따라
새로운 방식으로
새로운 길을 찾아야 한다.

참가만 했어도 성공일 수 있다. 학부모는 성공 여부에 대한 판단을 내리는 사람이 아니라, 자녀가 판단할 수 있게 지켜봐주는 사람일 뿐이다. 학부모들에게 당부하고 싶다. 스스로 성공을 누릴 수 있는 아이를 만들자. 학부모가 성공하는 것이 아니라 아이가 성공하도록.

내가 걸어온 길도 정답이 아니다. 내가 걸어온 이공계의 길을 얘기해줌으로써 '나도 이렇게 걸어가 볼 수도 있겠다', '선택하는 데 도움이 됐다'는 정도의 용기를 주고 싶을 뿐이다. 내 이야기는 과학기술 전문인으로서 언제, 어디서, 무엇을, 어떻게, 왜 했는지에 관한 소개에 가깝다.

내가 걸어온 이공계의 길에서, 나는 늘 많은 사람들이 원하는 것 중 내가 제일 잘할 수 있는 것을 하고자 했으며, 이러한 목적 의식을 붙들고, 걷는 도중 만난 문제들과 질문에 차근차근 답을 구해왔다. 크고 작은 선택과 결정의 갈림길에 놓였을 때는 내일 선택할 것이 더 많아지는 선택을 고민했으며, 나와는 다른 역량을 가진 사람들과 힘을 합하여 내 역량으로 이룰 수 있는 꿈보다 훨씬 더 큰 꿈을 꾸면서 이를 이루고자 지금도 노력하고 있다.

여기에, 내가, 언제, 어디서, 무슨 문제를 만났고, 어떻게 해결했으며, 왜 그런 결정을 했고, 어떤 결과가 나왔으며, 무엇을 잘했고, 무엇을 잘하지 못했는지를 솔직하게 풀어놓았다. 이 책을 읽는 이들에게 각자 생각할 기회를 주고 싶었다. 내가 걸어온 길을 강요하고 싶은 생각도 없고 나를 따라할 필요도 없다. 내 삶도 돌이켜보면 초등학교부터 대학원에 이르기까지 시기에 따라 고민이 다 달랐다. 갈지자 행보를 그린 적도 많다. 처음부터 대학교수가 된 내 모습을 상상하고 일사천리로 걸어온 삶이 아니다. 그런 내 모습을 보는 것만으로도 용기를 얻을 수 있을 것이라 생각한다. 기성세대가 할 수 있는 역할은 그 정도가 아닐까?

이공계의 중심에도 인간이 있다

이공계인을 꿈꾸는 청소년이든, 그를 바라보는 학부모든, 혹은 이미 이공계인으로 살아가고 있는 누군가든, 저마다 처한 상황이 다 다르고 생각도 다를 것이다. 그 삶을 감히 짐작할 수 없기에 섣부른 조언보다는 내 인생의 궤적을 솔직히 적어 한 명의 이공계인이 살아간 모습을 보여주고자 했다. 그럼에도 '이 정도는 생각해봐야 하지 않나' 하는 욕심에 불쑥불쑥 꺼낸 몇 마디 잔소리가 혹여 누군가를 불편하게 하진 않았을지 조심스럽다. 너그러운 용서와 이해를 구한다.

과학기술이 점점 고도화되고 제4차 산업혁명과 같은 이야기가 들려오니, 이공계인이라면 최신 기술과 과학 지식으로 중무장해야 한다고 생각하는 사람이 많다. 모두가 정신없이 한 방향으로 달려갈 때 반대편을 바라보는 시선도 필요하지 않을까. 중요한 건 기술이 아니다. 이 모든 발전이 왜 일어나고 있으며 어떤 영감을 가지고 진행되었는지 생각해보면 금방 답이 나올 것이다.

'이공계인은 인간이 되어야 하고, 인간을 바라봐야 한다.' 이렇게 책에 적어놓고 나니 더 명료해진다. 이공계의 중심에도 인간이 있다. 이것이 내가 하고 싶은 말이다. 어찌 보면 당연하고 쉬운 말이지만, 나는 이 말의 속뜻을 깨닫는 데 무려 30여 년이나 걸렸다. 독자들이 이 책을 통해 조금이라도 그 시간을 앞당길 수 있다면 그것만으로도 만족한다.

가끔 젊게 산다는 이야기를 듣는다. 가장 감사하게 생각하는 것 한 가지는 이 나이에도 꿈을 꾸며 살아간다는 점이다. 내 꿈이 나 하나의 만족으로 끝나지 않고 수많은 사람의 고민을 줄이고 이 사회를 조금 더 나은 방향으로 만들 수 있다면 얼마나 행복한 일인가. 그 가능성에 가슴이 뛴다.

척박한 사회 현실과 치열한 경쟁 속에 성인은 물론 청소년들까지 꿈을 잃어가고 있다. 안타까운 현실이다. 어렵겠지만, 영점을 조금씩 조절해가며 마음 속에 꿈을 위한 한 자리를 꼭 마련하길 바랄 뿐이다. 꿈이 채워진 공간이 그 어떤 것보다 당신의 삶을 지탱해주는 가장 큰 자부심이 될 것이다. 그리고 가능하면 여러 사람과 함께 꿀 수 있는 꿈을 꾸자. 나만의 꽃 한 송이를 키우기보다는 여러 사람과 즐기고 가꿀 수 있는 꽃밭을 일군다면 그보다 더 좋은 일이 어디 있겠는가.

이 책을 쓰는 동안에도 꽃밭 하나를 얻었다. 평소 품고 있던 씨앗을 땅에 심도록 권해주신 정재은 방송작가님, 잎과 줄기를 다듬고 가꾸어주신 조은호 작가님과 허영수 편집장님, 꽃이 피기까지 긴 시간을 참고 기다려주신 해나무의 김정순 사장님, 그리고 함께 가꿔주신 출판사 여러분들께 깊이 감사드린다. 이 자그마한 책 꽃밭에서 느껴지는 따스한 온기가 많은 이들에게도 전해지길 희망해본다.

이것이 이공계다
이공계를 지망하는 대한민국 학생과 학부모에게

1판 1쇄 2018년 8월 10일
1판 2쇄 2020년 1월 28일

지은이 조영호
기 획 정재은
구 성 조은호
펴낸이 김정순
편 집 허영수 장준오
디자인 김수진
마케팅 김보미 양혜림 이지혜

펴낸곳 (주)북하우스 퍼블리셔스
출판등록 1997년 9월 23일 제406-2003-055호
주소 04043 서울시 마포구 양화로 12길 16-9(서교동 북앤빌딩)
전자우편 henamu@hotmail.com
홈페이지 www.bookhouse.co.kr
전화번호 02-3144-3123
팩스 02-3144-3121

ISBN 978-89-5605-976-1 03810

해나무는 (주)북하우스 퍼블리셔스의 과학 브랜드입니다.

이 도서의 국립중앙도서관 출판시도서목록(CIP)은 서지정보유통지원시스템 홈페이지(http://seoji.nl.go.kr)와 국가자료공동목록시스템(http://www.nl.go.kr/kolisnet)에서 이용하실 수 있습니다.
(CIP제어번호: CIP2018023238)